クライブ・カッスラー
ダーク・カッスラー／著
中山善之／訳

●●

悪魔の海の荒波を越えよ(上)

Clive Cussler's The Devil's Sea

扶桑社ミステリー
1598

CLIVE CUSSLER'S THE DEVIL'S SEA (Vol.1)
by Dirk Cussler

Japanese translation published by arrangement with
Peter Lampack Agency, Inc.
350 Fifth Avenue, Suite 5300, New York, NY 10118 USA,
through Tuttle Mori Agency, Inc., Tokyo

悪魔の海の荒波を越えよ（上）

登場人物

ダーク・ピット――――国立海中海洋機関（NUMA）長官

アル・ジョルディーノ――――NUMA水中技術部長

ビル・ステンセス――――カレドニア号船長

ハイアラム・イェーガー――――NUMAコンピュータ処理センター責任者

ルディ・ガン――――NUMA次官

サマー――――ピットの娘、海洋生物学者

ダーク・ピット・ジュニア――――ピットの息子、海洋技術者

ローレン・スミス・ピット――――ピットの妻、下院議員

ジェームズ・サンデッカー――――アメリカ合衆国副大統領

マーゴット・ソーントン――――地球物理学者、メルボルン号乗組員

アリステア・ソーントン――――マーゴットの父、鉱山主

チェン・ユアン――――台北故宮博物院教授、チベット美術部長

テンジン・ノルサン――――ダライ・ラマ警護隊員

ラマプラ・チョドゥン――――チュシ・ガンドゥク・ゲリラの一員

ヤン・チャオミン――――中国人民解放軍大佐

ゼン・イジョン――――中国陸軍中尉、特殊作戦司令部所属

ニン――――ゼンの腹心の部下

プロローグ

チベット、ラサ
一九五九年三月十八日

　プラット・アンド・ホイットニーの星型エンジンは高度上空の空気を吸いこむために奮闘、苦しげな唸りをあげていた。第二次世界大戦中に大量に生産された、その定評のある一対のツイン・ワスプ14気筒航空機エンジンが、嵐にもまれながら夜陰に飛行する無標識のC‐47輸送機を駆りたてていた。機体後部に貨物をまったく搭載していないために、スカイトレインと呼ばれるその機は、世界最高峰上での乱気流との戦いにことのほか弱かった。

「高度六六〇〇メートルすれすれ」デルバート・ベイカーが副操縦士席から間延びした口調で知らせた。爪楊枝が一本、彼の口許にぶら下がっていた。髪はぼさぼさで顔は丸顔、かりに宇宙人に肩を軽く叩かれても欠伸をしながら垂れ目で相手を見つめることだろう。「エンジンども、あまりご機嫌じゃないぜ」

「われわれはまだ天井のかなり下にいる、エンジンたちはそうは思っていないようだが」操縦士は歯切れよく言った。副操縦士と正反対の彼ジェームズ・ワージントンは、清潔でプレスの利いた飛行服姿で背筋を伸ばして坐り、操縦桿をしっかり握っていた。目に見えぬ山頂の連なりが機体下部のすぐ下を通過しているのに、ワージントンはチェッカーでもやっているように冷静だった。

ベイカーと同様に、ワージントンも輸送任務でヒマラヤの上空を何度も飛んでいた。二人とも第二次大戦中に、ザ・ハンプ（こぶ。ヒマラヤ山脈東部）越えを定期的に行った。当時、アメリカ陸軍航空軍は、インド内の基地から台湾の中華民国政府に武器や物資を供給していた。今回は、ＣＩＡのために彼らは飛んでいた。だが、そびえ立つ山脈を限界天候を衝いて超える危険に変わりはなかった。

ワージントンは二人の座席の間に突き出ている赤いノブのハンドル二つを軽く叩き、しっかり引き起こしてあることを確かめた。スロットル・クアドラントはエンジンの混合燃料を調整する。その装置は世界の最高峰を通過するために最大限に設定されていた。

二人のヘッドセットで航空機関士の声が鳴り響いた。彼は二人の背後の一画に坐っていた。「ラサまでおよそ二〇分。現在の針路を維持せよ」

機体が突然、ローラーコースターがレールから外れたように弾んだ。ベイカーは側面の窓越しに、両翼に絶え間なく降り注いでいる雪をちらっと見つめた。「味方の連中が灯(あか)りを点(つ)けてくれているといいが」

ワージントンはうなずいた。「もしも点灯していなければ、彼らは独断でヒマラヤ山脈を横断するハイキングへ出かけているのだろう」

輸送機は夜の闇(やみ)を縫ってひたすら飛行を続け、操縦士は機体を上空へ放りあげかねない、不意に襲いかかる上昇気流と闘っていた。頻度は少ないが、もっと危険なのはなんの前触れもなく見舞う下方気流だ。

ほどなく機体は目的地に近づいたので、ワージントンは降下をはじめた。すでに、いちばん高いいくつかの峰はもう背後に退いていた。寒い夜の闇を引き裂いて一握りの灯りが、遠いロウソクの光のように地上に現れた。

「きっとここだ」ベイカーが言った。

航空機関士は新しい針路を指示した。ワージントンは飛行針路を修正し、ラサの点在する街灯りの上空へ機首を向けた。チベットの由緒ある首都ラサは色彩豊かだが埃(ほこり)

っぽい都市（まち）で、高度三六〇〇メートルの荘厳な高地を流れる狭いキチュ川渓谷沿いに広がっている。ラサ唯一の公設の空港は北東一三〇キロほどにあったが、ワージントンに中国の管轄下にある地域に正規の降着をするつもりはなかった。その代わりに、彼はC‐47を今回の任務のために地元の協力者たちが急遽（きゅうきょ）作ってくれた滑走路へ向けた。彼らは市街の西側にある、開けた場所の岩石を秘密裏に取りのぞいてくれていた。

　ワージントンが都市の上空を低く飛行するうちに雪は小降りになり、やがて完全に止（や）んだ。操縦士二人は雲の切れ間越しに地上に目を走らせた。

「あそこだ、右前方」ベイカーは風防ガラスの外を指さした。彼が口に銜（くわ）えていた爪楊枝が、突然、輪を描いた。それは彼が最初に示した緊張の兆しだった。

　ワージントンもそれを視認した。おぼろげな青い灯りが東と西に一つずつ、長い闇を挟んで一直線状に並んでいた。

　ベイカーは遠くを見すえ、降着装置を下ろした。「連中は頼んでおいた六〇〇メートルを用意してくれなかったようだ」

　ワージントンは首をふった。「いまさら言ったって遅すぎる」彼はスカイトレインの機首を手前の灯りに並べて速度を落とした。強い向かい風に機体が停止する感じで、両翼が揺さぶられた。ワージントンは青い灯りが機体の下に隠れるのを待って、ベイカーに声を掛けた。「着陸灯点灯」

　ベイカーは降下する輸送機の照明を点灯した。熟達の外科医の妙手さながらに、ワージントンは吹き荒れる風に対処し、静かに機体を降下させた。

　着陸灯は平坦(へいたん)な土くれの野原を照らしだし、青い灯りの一メートル先の陸地にタイヤが降着した。C-47は波打つ地面に弾みながらも、ワージントンが掛けた強いブレーキを受けて速度を落とし、尾翼の車輪が地べたをなめた。操縦士は二番目の青い灯りのすぐ手前で機体を停止して向きを変え、最初の灯りを目指して滑走させた。機首を風に向かわせるとエンジンを切った。

　ベイカーは側面の窓を開けて野原を見わたした。南には、数軒の人家の灯りが射していたが、ほかはまったくの闇だった。彼らを待っている者は一人もいなかった。

「われわれが早すぎたのか」と彼は言った。「それとも、客たちが遅れているのか」

「あるいは、まったく到着していないのか」とワージントンは応じた。「少なくとも、歓迎委員はお出ましではない」彼は耳を傾けて、自分の脇(わき)の窓を開けた。彼はしかめ面をしてベイカーのほうを向き首をふった。

　吹き荒れる風の音越しに、紛れもなく銃の弾(はじ)ける音が遠くで聞こえた。

＊＊＊

ラマプラ・チョドゥンは、街中で生じた同じ銃声に耳をそばだて身をすくめた。かりに任務が計画通り運んだのなら、銃撃など起こるはずがなかった。中国側に察知される前に、まさしく素早く連れ出し、秘かに飛行機で都市（まち）から飛び去る。だが、ポタラ宮近くで発生した銃声は、そうは行かなかったことを告げていた。

ラムは、ＣＩＡの教官がつけた呼び名だが、掌（てのひら）を消音装置つきのコルト‐38に押しあて、低い石塀を見回した。一〇メートルほど先にあるネチュン修道院は、遺体安置所さながらに薄暗く静まり返っていた。だが、遠い銃声は彼らの偽装が剝（は）ぎ取られたこと、したがって手厚く迎え入れてもらえないことを伝えていた。

彼は闇を覗（のぞ）きこんだが、建物の周囲にはなんの動きも認められなかった。ラムはラサの北西にある広大な渓谷にパラシュートで降着した十二名からなるチベット人ゲリラの一人で、比較的やさしい任務のほうのリーダー役だった。彼は四人からなる分隊の責任者で、ダライ・ラマのもっとも重要な宗教上の助言者であるネチュン・オラクル（国の神託官）を確保し、飛行場へ急送し安全な地域へ旅立たせる任務を帯びていた。

もっと難しいのは、街中（まちなか）での任務だった。残るゲリラ八人はポタラ宮に潜入し、ほかならぬダライ・ラマ本人を連れださねばならなかった。

中国軍は一九五〇年以降チベットを支配していたが、世情は今年発生したラサ蜂起によって騒然としていた。度重なるゲリラの攻勢に意を強くして、国中の反勢力派はチベットの首都で独立を要求するデモを展開して最高に盛りあがった。そうした一連の活動は、たちどころに報復を呼んだ。中国の武装した大規模な派遣部隊が数日前にラサへ進駐、緊張は高まった。

噂が飛び交った。中国はダライ・ラマを捕らえてチベットから連れ出し、収容所に叩きこむつもりだ。インド在住のチベット亡命政府の指導者たちは対策として、主要な支持勢力であるCIAに相談を持ちかけた。

もう数年にわたって、CIAは亡命チベット指導者たちを支援しゲリラたちに武器を与え、中国の原爆計画関連の情報を収集してきた。いまや、地元の関係者たちが急遽行動に打って出たので、CIAはダライ・ラマの脱出は危険を冒してでもやってみるに値する、と同意した。

今回の任務に選ばれたチベットのゲリラたちは、CIAとは長いつき合いだった。彼らは地球を半周してコロラド州へ飛び、ロッキー山脈で訓練を受け落下傘兵になった。ラムは最初の卒業生の一人で、携帯無線電話の操作に優れ昇級を重ねてきた。

ピストルを握りしめながら、ラムは寺院脇の野原をうろついている年老いた一頭のヤクの唸り声に耳を澄ました。それはコロラドの牧場で見かけた、草を食んでいるヘレフォード種のウシの姿を彷彿とさせた。彼はスキーリゾートのベイルに近い道端のカフェで初めて味わった、ビーフステーキの味を懐かしく思いだした。

彼はそのイメージを振りはらった。黒っぽい迷彩服姿のゲリラ仲間が這いずって隣に近づき、肘を小突いたのだ。

「裏手は安全のようだ」

「分かった、移動するとしよう。ラーンとタグリを入口の外に配備し、われわれは内部を探そう」

ゲリラ仲間はうなずき、自分たちの背後の闇に潜んでいる隊員二人に命令を伝えた。彼はラムに倣って身体を起こして中腰になり、寺の入口へ向かった。

現在の場所がいつから聖域と見なされていたのか誰も知らないが、現在の修道院は建立されてから四〇〇年近く経っていた。倹しい建物で、都市の北側の丘陵地の麓に立っている。ラムが開けはなされた暗赤色の観音開きのドアを入っていくと、広い中庭に出た。奥には踏み段があって、左右の礼拝堂に通じていて、上の階は僧坊になっていた。

左手の礼拝堂の近くで火が黄色く点っていて、香のよい匂いが辺りに漂っていた。ラムは側壁にしがみつき奥の踏み段のほうへ進んでいった。内側でする、物のこすれるかすかな音を彼は察知した。人影が一つ、覚束ない足取りで踏み段に現れた。それは中国の兵隊で、ボルトアクション式のライフルを携えていて、ラムのほうにそれを振りまわした。「何者だ、そこにいるのは?」彼は語尾を長く引く北京語で呼びかけた。

暗すぎて、ラムは兵隊の目が血走っていることを見届けられなかったが、十分近かったので彼の息が酒臭いのはわかった。彼は握っている三八口径を上に向け、陰にこもった銃声を二度放った。頭を後へ弾かれた兵隊は床に倒れこみ、ライフルは石畳に音高くころげた。

「彼を隠せ」ラムが仲間にささやくと、彼は足早にラムの隣に近寄った。

ラムは礼拝堂へ向かい、兵隊が暖を取るために起こしたにわか仕立ての、燃え盛っている小さな火に近づいて行った。その炎が礼拝堂の奥に躍る影を投げかけていて、高い祭壇には何本もロウソクが供えられていた。その部屋に人気はなさそうだった。やがて、側面の一画に灯りが現れた。ラムはピストルを持ちあげ石の柱の陰に隠れると、人影が一つ近づいてきた。ラムはその男が柱を通りすぎるのを待って背後から飛びかかり、侵入者の背中にピストルを押しあてた。

「騒ぎでもあったのですか？」捕らわれた男は訊いた。彼はラムのほうへ向き直った。

彼の小さなロウソクが年嵩の男を照らしだした。頭は剃りあげていて、僧侶の赤い衣をまとっていた。異常に肩幅が広く、瞬き一つせず冷静にラムを見つめていた。

ラムはピストルを下ろし、軽く頭をさげて謝った。「国の神託官を探しているんです」彼は僧侶と同じチベット語で言った。

「神託官はここにいません」僧侶は答えた。「彼は二日前にポタラ宮に、ダライ・ラマに会うために出かけました。まだ戻ってきていません」僧侶はゲリラの黒っぽい制服に目を留めた。「あなたは彼を救い出すためにここへ来たのですか？」

ラムはうなずいた。「中国側がダライ・ラマとその助言者たちの幽閉を企んでいると言われている。われわれは彼らの脱出を助けに来たのです」

僧侶はうなずいた。「神託官は予告なさっていた、危機は目前に迫っていると」

ラムの腰のウオーキー・トーキーが雑音まじりの声を発した。「アカシカ、こちらユキヒョウ。ターゲットはわれわれの到着前に離脱。われわれは襲撃下にあり。エレベーターに向かいつつあり。くり返す。エレベーターに向かいつつあり」

「アカシカ了解」ラムは応じた。「われわれは出発する」

ラムは歯を嚙みしめた。ラムたちは一日早くパラシュートで降下した先発隊と落ち合うことになっていたのだが、先発隊は集合地点に現れなかった。

これでうなずけた。なにか齟齬をきたしたのだ。たぶん中国側が内報を受けたのだ。先発隊は逮捕されてしまったか、あるいはすでに徒歩でダライ・ラマをラサから連れだしたか。ラムは燻っている火にちらっと目を転じて、後者であることを祈った。いずれにせよ、いまや彼ら自身の任務は失せていた。

ラムはウオーキー・トーキーを元に戻し、僧侶を見つめた。「ダライ・ラマと神託官は、すでにラサを脱出したのだろうか？」

僧侶はうなずいた。「きっとそうだろうと思います」

「あなたはどういう方なのです？」

「私はトゥプテン・グンツェンという者です。この修道院のケンポ（ニンマ派の僧）で、神託官の助手です」

修道院の院長で最高責任者であるグンツェンは危機にさらされていた。

「ダライ・ラマが脱出したことを中国側が突きとめたら、あなたの身は危険になる。ぜひ、われわれと一緒に来るがいい」

僧侶は思いを巡らすようにラムを見つめた。「私など取るに足らぬが、ネチュン修道院の聖像は貴重だ」

彼は肩越しに祭壇のほうを向いた。祭壇の上の壁龕（へきがん）には黒っぽい像が収まっていた。ラムはそれがペハル、すなわちネチュンとも呼ばれチベットの神であり神の名前にもなっていることを思いだした。「神託官はあれがなくてはしっかり任務を果たせない。あの彫像は彼に届けなければならない」

ラムは寺院の奥を見つめてうなずいた。「急いで」

「あなたの助けがいる」グンツェンは向きを変えた。彼は落ち着いた足取りで修道院を横切り、壁龕の前で立ちどまった。その中には、分厚い石の彫像が色は同じだが小ぶりのさまざまな像に囲まれて立っていた。

ラムは少年の時にここを訪れたことはあったが、その古い美術品にこんなに近づいたことはなかった。高さ六〇センチで、光沢のある石から彫りおこされていた。僧侶はその彫像の前にぬかずき祈りをつぶやきはじめたが、ラムは近づいて行って僧侶を引っぱって立たせた。「時間がない」

僧侶はうなずき、小さな石像を寄せあつめた。彼はそれを祭壇の金色の布に包み、その包みをラムにわたした。彼は包みを上着の中に押しこみその重さに驚きながら、僧侶を急がせた。

グンツェンは別の布を大きいほうの彫像に巻きつけ背負った。「いいですよ」

彼らは本殿を出て、中庭で別のゲリラ隊員と落ちあった。一行が修道院の正門を出ようとしていると、銃声が一発、少し離れた場所で鳴り響いた。向かい側の幅の広い砂利(じゃり)道へ、武装した緑の服の男が一人、物陰からよろめき出てきて地べたに崩れ落ちた。

タグリという名前のゲリラが茂みの背後から、M-1カービン銃を握りしめて頭を突き出した。「奴はこの通りのパトロール隊の責任者です」

彼の言い分は、通りの先でする野太い叫び声と、それに応じて生じたブーツが砂利を踏みしだく音に裏づけられていた。

「神託官はここにはいない」ラムは知らせた。「われわれは飛行場へ引きあげねばならん」

「敵のパトロールはどうします?」タグリが訊いた。

「われわれがここで対処する」

ラムは僧侶の腕をつかみ、一本の柱の陰に引っぱっていった。そしてピストルを石造りの円柱から突き出し、コルトを通りに向けた。彼の背後に僧侶はしゃがみこみ、祈禱(きとう)をつぶやきだした。

中国人のパトロール隊は小規模で、わずか三人の若者がロシア製のライフル銃を握りしめていた。彼らの訓練不足は明らかだった。全員、倒れた同僚に駆け寄り、銃を空に向けて彼を取り囲んだ。

ラムは連中の愚かさを目のあたりにしたが、一息入れるような真似はしなかった。いちばん近い隊員にコルトの狙いをつけ、三度引き金を引いた。最初の一発は隊員の肩に命中したが、後の二発は逸れた。

だが、それは問題ではなかった。ほかの隊員たちがカービン銃を発射し、中国の兵隊三人をたちどころになぎ倒してしまった。

ラムは僧侶の袖を引っぱった。「さあ、こっちへ」

彼は僧侶が彫像を手許に取りもどすのを待った。修道院から足を踏みだし、ラムは一行を率いて死体の脇を通りすぎた。その際にほかのゲリラ隊員たちは、死体をゆるく取り囲んでいた。

ネチュン修道院はラサの北西の外れの低い丘陵地に建っていた。にわか造りの飛行場はやや東寄りで、開けた丘陵地帯の向こうにあった。直線経路を取れば行程は短縮されるが、ラムは優勢な相手に開けた場所で襲われるのは避けたかった。情報によれば、この数日のうちに、中国人民解放軍の一個大隊がそっくりラサに転進ずみだった。

彼は砂利道を進んで行き、一行の先に立って丘陵地を下り、遮蔽物を求めて下手の平地に開けた都市中へ向かった。南東では、ポタラ宮が岩山に建っている辺りで、しきりに銃声がしていた。ラムはその戦闘が、自分たちの行く手から中国人を遠ざけてくれることを願った。

商店や人家が軒を並べている横町に出たので、彼らは向きを変えてその通りを東へ進んだ。遅い時間だったので、通りは暗く人気がなかった。彼らは敵兵が気がかりなので、ずっと足早に移動した。僧侶は背負った彫像の重さを感じていないかのように、無言のまま思いつめた様子で足を運んだ。

近づいてくる車の音がしたので、一行はいちばん手近な戸口に身を潜ませた。中国の軍用トラックが一台高速で近づいてきて、囲いつきの荷台の端に兵隊が六人しがみついていた。

ラムは生地屋の戸口に僧侶が割りこんできたので、衣の下の身体つきが逞しいことに気づいた。「あなたはラサの出ではないんだ」ラムは囁いた。

「ええ、アムド県の寒村です」

「ゴロック族ですか?」

僧侶はうなずいた。

ラムはその地域とそこに住んでいる部族民を知っていた。ゴロック族はチベットでいちばん屈強だと見なされていたし、ラムはそれに納得した。

トラックは彼らの横を慌しく通りすぎ、どこかへ行った。トラックの頑丈なタイヤが巻き起こした埃が収まったところで、ラムは腕時計にちらっと目を走らせた。ゲリラの分隊は集合に遅れていた。

「さあ、行こう」彼は声を掛けた。「ペースを上げなくちゃならん」

一行は数ブロック走り抜けた。ビル群は彼らの左背後に遠ざかり、開けた野原が現れ、近隣の山脈の麓まで広がっていた。銃声は依然として遠くで鳴り響いていたが、それはすでに南西から彼らの真正面に場所を変えていた。

ラムは向きを変えて町並みを離れ、左手の開けた丘陵地帯を目指した。彼はみんなを率いて通りから外れ、岩だらけの斜面を登った。みんな荒い息遣いをしていた。グンツェンは重荷を背負って後のほうで苦闘していたが、どうにかペースを保っていた。岩の斜面を登り切ると、彼らは平地に出た。前方に、ラムはおぼろげな青い灯りを一つ捉えた。

みんなの耳に、航空機のエンジンの回転する唸りが聞こえた。さらにもう一度、数個の銃口が火を噴き、それに引き続き銃声が青い灯りの向こうで弾け、ラムにこれが命がけの競走であることを伝えた。

　息せき切って草のない土手をのぼるにつれて、二番目の青い灯りが彼らの視野に入ってきて、やがて航空機自体の内部の照明が姿を現した。銃声は彼らがC‐47に近づくにつれ大きくなった。

「だいじょうぶですか?」ラムは僧侶に訊いた。

　彫像は老人に重くのしかかっていたが、寡黙な僧は力強く答えた。「ええ」

　一行が飛行場に当てられている長い平地に着くころには、軽い霙（みぞれ）が彼らの背中に吹きつけていた。向こう端の青い灯りの近くに、C‐47の姿が見え、音が聞こえてきた。エンジンナセルから煙が輪を描いて立ちのぼり、ワージントンとベイカーが離陸の準備を進めていた。小人数の男たちが開け放たれた胴体のドアの周りに集まり、動きだした機内に乗りこんだ。

　ラムのウオーキー・トーキーが呼びかけた。「アカシカ。われわれは離陸地点にあり。直ちに離陸の必要あり。どこにいるのだ?」

「目下接近中」ラムは叫んだ。「飛行機を止めろ」彼は仲間のほうを向いた。「飛行機めざして走れ」

　ゲリラたちは隊列を乱し、飛行機を目がけて駆けだした。ラムは後に控えて、二、三メートル後方の僧侶と合流した。重荷を背負っているのに、グンツェンは驚くほどの敏捷さを見せ、ほかの者たちにほとんど後れを取らなかった。

彼らが飛行機に近づくと、野原の外れで闇を衝いて銃口がいくつも火を噴いた。中国兵六名は野原の外れに達して、航空機に向けて発砲しはじめた。銃弾が周りの地面にばらまかれ、ラムが仲間にもっと早く走れと急かす必要はなかった。

別のゲリラ分隊の、機内に乗りこむ順番を待っていた最後の男が、主翼の下に倒れこみながら掩護射撃をくり広げ、中国側の数丁の銃が静まり返った。その間に、ラムの分隊の三人はドアに近づき機内に飛び乗った。

ラムとグンツェンが航空機の尾部に近づいたとき、僧侶がつまずいて倒れこみ、彫像が肩から転げだして前方に投げだされた。

「撃たれたのか?」ラムはエンジンの轟音に負けずに叫んだ。彼は立ちどまり、腕をつかんでグンツェンを起こした。

「いや、転んだだけだ」

「飛行機へ向かえ。彫像は私が持つ」

彼は僧侶を前方に押しだし、手を伸ばして修道院の美術品を拾いあげた。C-47ツイン・ワスプは、ワージントンが離陸のため出力をあげたので唸りを強めた。塵と雪まじりの熱風が、彫像を背負っているラムに吹きかけられた。彼が立ちあがろうとしていると、航空機が走りだした。僧侶が辛うじてドアに達し機内に身体を引き揚げたとたんに、航空機は速度をあげた。

ラムは彫像の重さと戦いながら、機体を猛然と追いかけた。高齢の僧侶がそれを寺院からずっと、弱音一つ吐かずに運んできたことが信じられなかった。彫像は重かった。見掛けよりはるかに重かった。その重さにラムの脚の動きは、まるで糖蜜の溜りにはまったように絡みついてしまった。

だが彼は動かねばならなかった。しかも、迅速に。C-47は速度をあげて遠ざかりつつあった。吹きつける砂埃に目をすぼめて見やると、飛行場の外れで銃口の閃光が瞬いていた。飛行機のエンジンが彼の耳の中で轟いた。ラムは全力をふり絞って走った。必死の思いで、胴体に沿ってひたすら走った。開け放たれたドアに近づくと、彫像をその開口部から投げこんだ。

彼はその弾みで転びそうになり体勢を立て直したが、機体は遠ざかった。

タグリが戸口に現れた。「さあ、来い。ラマプラ。あんたならできるとも」彼は叫んだ。

ラムは倒れそうに思ったが、最後のエネルギーをふり絞ってドアに飛びついた。その瞬間に、尾翼がバウンドしながら地面から離れた。彼の指は下枠を握りしめたものの、今度は身体がスリップしだした。だが、タグリともう一人のゲリラ隊員が、彼の両方の袖をつかんで機内に引きずりこんだ。

「伏せろ！」誰かが怒鳴った。

腹這いになり息を整えつつあるラムに異論はなかった。

飛行機は音高く滑走を驀進(ばくしん)し、重々しく空中に突入した。だが、上昇する機体目がけて、追跡してきた中国兵たちが猛撃を加えた。小さな穴がC‐47のアルミの機体にちりばめられ、チベットのゲリラ隊員二人が負傷した。

操縦室では、ベイカーが縮みあがっていた。銃弾の一発が風防ガラスを突き破り、唸りをあげて彼の頭上三センチほどの高さを飛びさったのだ。ラサの街灯りは彼らの足許に消えさり、降着装置を収納し終わると、彼は側面の窓の外をちらっと見やった。回転しているプロペラを注視し、面前の計器群に目を転じた。「第二エンジンに、オイル漏れの可能性あり。目下、圧力安定」

ワージントンは両手で操縦桿をしっかり握りつづけていた。彼の身体は緊張し神経は集中していた。「それに、右フラップ、少しがたついている。だが、上昇している。実は、もっと悪い事態を予期していたのだが」

もっと悪い事態は、二〇分後に訪れた。操縦士たちは右エンジンの騒々しい音を聞きつけた。ベイカーは油圧計の一つを軽く叩いた。「圧力が赤の領域だ、気温も」彼は側面の窓の外を覗き、背後の右エンジンに目を凝らした。黒い煙が幾筋もエンジンナセルから流れ出ていた。「うまくないぞ、こいつは」彼は言った。その落ち着いた声に、かすかに緊迫感がこもっていた。

「了解」ワージントンは伝えた。「エンジンを止めろ。片肺で山脈を越せるかやってみよう」

ベイカーはエンジンを停止する操作を行い、プロペラをフェザリングにして抗力を減らした。ワージントンは座席の上で少しばかり身体を起こし、左エンジンのスロットルをほんのわずか前へ押し、操縦桿をしっかり握った。

C - 47を片方のエンジンだけで飛ばし続けるのは、貨物を満載だと飛行条件がよくても難しい。幸い、彼らはわずか数人の乗客を運んでいるだけで、貨物はまったく積んでいなかった。だが、飛行条件は決して良くなかった。悪天候に加えて高度と戦わなくてはなかったし、そのうえ障壁となるヒマラヤ山脈が前途に待ちかまえていた。

彼らは飛行経路をたどって、ヒマラヤ山脈のインド側にあるダージリンの南西へ向かっていた。ラサからだと、中央チベット高原の比較的穏やかな風景の上空を三〇分ほど飛ぶと、行く手にヒマラヤ山脈の高い峰々が現れる。

そそり立つ山脈は夜のために姿が見えず、闇と降りつのる雪のせいで判然としなかった。ヒマラヤ山脈上空の風はいつも波乱ぶくみだが、春の暴風雪が加わるといっそう危険になる。氷の粒が風防ガラスを叩き、横風が機体を揺さぶった。C‐47の航空機関士は飛行経路の修正を伝え、ジグザグに飛んで一連の最高峰を回避する経路をたどっていた。

最初の山脈に近づいていくと、激しい上昇気流が機体を望ましい高度まで押しあげてくれた。ワージントンはこれまでずっと上昇を試みていて、すでに高度は五七〇〇メートルに達していた。片肺エンジンはそれ以上彼らを高みへ押しあげるのを拒否しつづけていた。それだけに彼は、いまや高度計が六六〇〇メートルを指したのでひどく喜んだ。

「障害なし?」ベイカーは計器を見つめているワージントンを見やって訊いた。

「そう願いたいものだ――意地悪抜きで」ベテラン・パイロットは風の気まぐれをよく心得ていた。風は与えておいて、それを数分後には奪い去る。

胃の腑が沈みこむほど急激に、機体が五、六〇〇メートルも沈みこんだ。つぎの瞬間、渦の中に飛びこんだような状態に落ちこんだ。風がさまざまな方向から吹きつけ、機体をプロボクサーなみに打ちひしいだ。側面から来る上昇気流が最悪だった。機体は均衡を失い、跳びはねるような状態に陥った。

しかし、ワージントンは怯まなかった。操縦桿をしっかり握っている彼の手は、あらゆる逆風に即座に対応して機体を平行に保ち、つぎの強風に備えた。彼は後部にいるゲリラたちが、隔壁に身体を固定していてくれることをひたすら願った。

「位置は?」ワージントンはヘッドセットに向かって呼び掛け、前方の暗闇の奥に目を凝らした。

「カングマル県の南二九キロのはずです」航空機関士は知らせた。「最初の高い峰に接近中」

数分、彼らは何事もなく飛びつづけた。やがて、なんの前触れもなく強烈な下降気流がまるで巨大な手さながらに機体をつかみ、地表のほうへ押しつけた。ワージントンは目を剝いた。高度計が独楽のように回り、高度五五〇〇メートルと標示された。それは周辺の一部の山頂の高さをかなり下回っていた。

操縦士はスロットルを限界まで前方へ押し、高度を上げるために操縦桿を手前に引いた。しかし、それは遅すぎた。

大きな物音をたてて、後部車輪が地面を打った。奇跡的に、わずかに擦った程度の衝撃だったし、機体後部が持ちこたえたので、航空機は弾みながら前進し空中へはじき返された。

後部隔室では、ラムが床に坐りこんで、向かい側で彫像を抱きしめているグンツェンを見つめていた——やがて、衝撃を受けて僧侶は床を滑っていった。その一撃は貨物室のドアの掛け金も外した——ドアはラムの真後ろで一挙に開いた。機体が右に傾き、彼は口を開けたドアのほうへ投げ出された。彼は左右の腕を前方に広げ下枠にしがみついた。だが勢いが強すぎた。ラムはドアの外へ、空中に放りだされた。

飛行機から目もくらむ大きな渦の中へと落下する彼の身体を、冷たい風と雪が激しく打ちすえた。氷の粒が両目に浴びせられた。心臓は動悸を打ち、左右の腕は飛びつづけようと甲斐なく振りまわされた。

片肺エンジンの轟音は低い唸りに弱まり、やがて激しい軋みが夜の闇を引き裂いた。それが何か考える暇などなかった。目に見えぬ地表が強烈な衝撃とともに彼を迎えた。雪と氷の上を転がっていくうちに、辺りの光景や物音が、やがて痛みすら消え失せ、彼は黒い深淵に沈みこんでいった。

第一部

1

ウエンチェン宇宙船発射場
中国海南(ハイナン)州
二〇二二年十月

ミサイルは美しい弧を描いて上昇し、その固体燃料ブースターエンジンは轟音を発して燃焼しながら、夜明け前の空を引き裂いた。それは大型ミサイルではなく、全長六メートル足らずの大きさで、広大な海浜基地の補助発射台から打ちあげられた。その発射台はふだん巨大な衛星搭載ロケットの打ち上げによく使われていた。だが、小型ミサイルの飛行を見つめている者たちには、それは最新のスパイ衛星の発射より重要だった。

ミサイルが噴射する火炎は、ほんの数秒で視界から消えた。だが、高高度飛行の偵察機のカメラはミサイルの進行を、発射をターゲットにした数個の衛星による補強もあって、はるか沖合まで追跡していた。一連のリモートカメラはミサイルの火炎が不意に暗くなっても、束の間だが、ミサイルが音もなく飛びつづけるのを捉えた。かりに監視官がミサイルが通過するのに居合わせたならソニックブームを、それに引き続き新たにエンジンの唸る音を聞きつけたろうし、いまや液体推進剤の火炎が再び噴出しているのを目にしたことだろう。しかし、そうしたことを感知するには、よほど感覚が鋭敏でなければならない。なにしろ問題のミサイルの飛行速度は、秒速一・六キロを超えていた。

一九〇〇キロあまり離れた北京宇宙飛行管理センターの管制室では、キョ・シュンク将軍が大型ビデオスクリーンでミサイルを見つめていた。海南州と南シナ海上の長距離カメラは、視界から飛び去るミサイルをおぼろげな一つの点として捉えたに過ぎなかった。キョはコンソールで遠隔情報をモニターしている、数人の技術者の一人のほうに向きなおった。「エンジンは作動しているのか?」

その技術者は、分厚い四角な眼鏡を掛けた細身の男で、顔をあげぬままうなずいた。

「はい、将軍。ドラゴンフライは固体燃料推進からスクラムジェット飛行へ見事に移行しました」

「速度は?」

「時速二万八〇〇〇キロをわずかに上回り、目下加速中です」

将軍はビデオスクリーンのほうへ向き直った。ミサイルの軌道に綿毛のような小さな煙が目撃された。「あれはなんだ?」

彼の問いに長い間が生じた。「データ送信が途切れています。どうやら……どうやら、故障が生じたらしい」技術者は顔を伏せていた。将軍を見るのが恐ろしかったのだ。「飛行は終わったようです」

将軍は、薄くなった髪の毛を後ろになでつけた不愛想な六十男で、不快感を押さえることができなかった。「終わった?」彼は怒鳴った。「またか?」

細身のプロトタイプ・ミサイルとしては、たて続けの三回目の失敗だった。

技術者はうなずいた。

将軍は部屋の向こう側にいる制服姿の太った男に声を掛けた。彼は飛行管制官と話し中だった。「ヤン大佐」

ヤン・チャオミン大佐は向きを変え、絞首台へ歩を運ぶ男のように脅えながら近づいていった。

将軍は彼を見すえた。「なにが起こったのか説明したまえ」

「まだ資料を分析中です」ヤンは答えた。「ですが、中期加速段階における飛行の失敗かと」

「それは分かっている。原因はなんなのだ？」

大佐は固く握りしめているクリップボードにちらっと目を走らせた。「予備的な資料は、初期発火における熱破壊を示唆しています。しかし、あのミサイルは失敗前に速度の新記録を出しております」

「熱破壊？　それは前回の打ち上げ失敗の原因だ。その問題は解決ずみだと思っていたが」

「それがどうして難題でして」

将軍はビデオスクリーンに向かって手をふった。そこには、いまや何も宿さぬ大空が映しだされていた。「国家主席は、今日の成功を期待しておられる」彼は自分の言葉が相手にしっかり伝わるように間を置いた。「これで君は三度目の失敗だ。同時にそれは、君の最後の失敗になる。いつになったら主席に、この問題は解決されましたとお伝えできるのだ？」

「私は……私は、現時点では予測を申しかねます。リウ博士は潜在的ないくつかの解決策を検討中です。われわれは休むことなく解決策を突きとめるつもりでおります、将軍」

「今回の失敗に関する詳細な報告を、明日の朝までに私の机に届けてくれたまえ」将軍は命じた。「それに、解決策を今週の終わりまでに」彼は踵を返して管制センターから足を踏み鳴らして出ていった。彼の顔は怒りで朱を注いでいた。

気まずい沈黙が部屋を一瞬覆った。やがて技術者たちは飛行データを調べる仕事を再開した。

ヤン大佐は電話を一本掛けると、改めて飛行管制官のほうを向いた。「リウ博士を私の部屋によこしてくれ」彼はゆっくり部屋を離れながら、何も映っていないビデオスクリーンに最後の一瞥をくれた。

ヤンは人民解放軍ロケット部隊の本部ビルの三階のある部屋へ向かった。彼はドラゴンフライ・ミサイル計画のプログラム主任で、その部屋は広かったが簡素で剝き出しの土の原野を見下ろしていた。彼が窓の外を見やると、人民解放軍の新規の応募兵たちの隊列が行ったり来たりしていて、カーキ色の制服が彼らの足許の土の色と溶け合っていた。

ヤンは机の椅子に崩れこみ、抽斗を掻きまわして香港を訪ねた折に手に入れた日本のウイスキー白州を探した。たっぷり一杯注ぐと煽った。喉を伝い落ちる火のような液体を意識しながら、彼は己の屈辱について思いをめぐらせた。

それは彼の愛人に端を発していた。彼は二年前に香港である女性に、そのウイスキーと共に紹介された。彼女は中国のある電機会社の特許弁護士で、たまたま北京をまた訪れる予定だった。少なくとも、そう彼女はヤンに話した。実は、彼女は台湾軍部の工作員だった。彼がそれに気づいたのは、彼女がさまざまな機会に彼のコンピューターの膨大なファイルをコピーしていたのを発見してからのことだった。しかも、彼の妻は彼との離婚を決意した。

党の役員やキョ将軍は知っているのだろうか？　件の女性は、無言のまま消息を絶った。だが、昇進一途だった彼の経歴ににわかにストップが掛かった。上官たちは彼を疎んじ、旧友たちは彼を無視した。しかも、管理に当たることを許容されてきた、この唯一の計画でまで失敗を重ねてきたので、いまや総てを失う瀬戸際に立たされている感があった。党における任務に加え、党員資格も。下手をすると命まで。

ウイスキーのボトルを片づけていると、ドアをノックする音がした。極端に齢の離れた男が二人、部屋に入ってきた。まず、白髪で白衣姿の男。足を引きずっていた。リウ・ジェンリ博士は尊敬されているロケット技師で、一九七〇年代に中国で最初の大陸間弾道ミサイルの開発に従事していた。

もう一人の男は戦闘服の軍人で、背が高く筋肉質で自信に満ちた雰囲気を漂わせていた。彼はゼン・イジョン中尉で、陸軍ロケット部隊特殊作戦司令部所属だった。同時に彼は、ヤン大佐の甥でもあった。

ヤンは腰を下ろすよう二人を手招いた。「知っての通り、ドラゴンフライ計画はまた打ち上げに失敗した、今度も、原因は温度の問題らしい」彼は窓の外に目を転じ、新兵たちの行進を見つめた。「われわれは成功を収めるよう、大きな圧力を受けている。このうえ、失敗は許されない」

「われわれは物理学の限界を押し広げつつあります」リウは応じた。「われわれはすでに弾道飛行で前例のない大気圏速度を樹立している。それは偉大な技術的成功です。なぜなら、われわれは推進力の問題を解決したからです。いまや問題は材質の管理のみ」

「ミサイルは熔けている？」ヤンが言った。

「ある意味では。問題は、あなたも知っての通り、大気圏内を超音速で飛行する小型ミサイルは極度の熱応力を起こします。とりわけ、最先端部で。いずれのドラゴンフライ・ミサイルも、その高速のために、大気との摩擦から生じる熱破損にやられている」

「そうだ。しかし、われわれのＩＣＢＭロケットは再突入の際の同様の温度に耐えているのでは？　それに、飛行中に熔けてはいない」

「その通りです。だが、それらは大型飛翔体で、分厚い遮熱体で緩衝されていて、広範囲にわたって熱を消散させているからです。そうした贅沢は、ドラゴンフライのような戦術的な装置には用いられていない。かさばる遮熱体は、われわれがすでに達成した速度を――さらにはそれを凌ぐ望みを――阻害する要因となるでしょう」

「同じタイプの材料を」ヤンが言った。「ドラゴン用に適用はできないものだろうか？」

「われわれはすでにあらゆる種類のセラミック、炭素、さらには合成物質を試験ずみですが、いずれもわれわれが扱っている速度では持ちこたえられなかった」

「飛行管制官は、あなたが有力な解決策を見つけたというようなことを臭わせていたが」

「ほんのまぐれですよ」とリウは応じた。「研究所で天然の合成物を何種類かテストしていて、たいそうな熱抵抗を示すあるサンプルが見つかったのです。しかし、採用する材質を探しだすのがちょいと難題でして」

　ゼンが咳払いをした。リウは向きを変えてそのほうを見た。

ヤンはその仕草に応じた。「リウ博士、こちらはゼン中尉、特殊作戦司令部所属です。彼は大変な知恵者で、私は彼をドラゴンフライ計画に配属し、このミサイルを成功させるうえで必要なあらゆる面で協力してもらっている」

ゼンは伯父を無表情な黒い目でまじまじと見つめた。

ヤンはゼンが有能だが、いささか激しやすいことも心得ていた。彼はバーである男をナイフで傷つけたために、兵役から追放されかねなかったのだが、ヤンが介入してなんとか事なきを得たのだった。大佐は甥の精神の安定度を危ぶんではいたが、いまはもうためらっていられる立場になかった。彼は成果を必要としていた。

「中尉、君には墜落地点を確保してもらいたい。侵入者を排除し、現場を保護して海軍のサルベージ隊が出動することに決したその時点で、残骸(ざんがい)を回収できるように手配をしたまえ。同時に」彼はそう言いながら技術者のほうを向いた。「別のチームを任命して、リウ博士が探し求めている耐熱性物資の発見に協力するのもよかろう」

ゼンはうなずいた。「私がじかに墜落現場を確保するつもりです、大佐。加えて、私はもうひとつべつの件にも協力できる兵員を擁しております」彼はリウのほうを向いた。「教えてください、博士」彼はしわがれ声で言った。その声に、リウはハイエナを連想した。「あなたが求めている耐熱物質は、どこで手に入るのでしょう?」

リウは父親のような笑みを浮かべた。「そう簡単じゃないんだ」

「なぜです?」ヤンが訊いた。

リウはすぐには答えなかった。彼は大佐を通り越して窓の外の褐色の野原を見つめた。

「なぜならそれは」彼はやがて言った。「この世の物ではないから」

2

ナサニエル・ジェンキンズ二等軍曹が鉛筆で漫然と机の表面を叩いていると、彼のコンピューターが唸りを発した。南シナ海の数百キロ上空にある偵察衛星のセンサーが、ウエンチェン宇宙基地から小型ロケットが発射されたことを探知したのだ。これまでの衛星資料では、その中国の基地発射台の発射準備を予告していなかったので、思わずジェンキンズは椅子の上で身体を起こした。

新しい発射軌道を追いながら、空軍の専門家は手早く発射基地の最新の衛星写真を取り寄せ映像を拡大した。ジェンキンズはコロラド州の東はずれにあるシュリーバー空軍基地の第一〇〇ミサイル防衛旅団の隊員で、世界中で打ちあげられるミサイルを追跡する何十人もいる分析者の一人だった。

彼の上官で、髪の毛が赤褐色でハリントンという名前の中尉が、コンピューターの警告音を聞きつけて彼の背後に近づいた。「なにがあったの?」彼女は訊いた。

「中国はなにやら小さなミサイルを、六〇秒前にウエンチェンで打ちあげました。赤外線にほとんど記録されていないし、大気圏を目指しているようにも見えません。われわれが収めた最新の写真でも発射台は空っぽなので、準備期間はほぼ無いに等しい」

「たぶん、巡航ミサイルでしょう」ハリントンは言った。「確認してみて、経ヶ岬（きょうがみさき）通信所かLRDRに、捉えていないか」

ジェンキンズはキーボードに文字を打ちこみ、レーダーの集積システムに一通り当たり、センサーを地球の周りに移動させて外国のミサイル脅威を探知した。彼は日本の京都の日本海側にある通信センターのAN-TPY-2システムが発している監視映像にアクセスした。「経ヶ岬のテレメトリー（遠隔計測装置）の能力はごく限られている」とジェンキンズは言った。「LRDRならきっと何かつかんでいるはずです」

LRDRは長距離識別レーダー（Long Range Discrimination Rader）の略称で、最近、アラスカの中央部に配備された追跡装置である。ジェンキンズはうなずいた。その装置が二つのデータの流れを整理して、南シナ海を背景に飛翔するミサイルの軌道をアニメーションとして表示した。

「飛行は終了」彼は追跡データが途切れたので知らせた。「飛行距離、およそ一二〇

○キロ」

ハリントンはうなずいた。「戦術ロケットなのでしょう。おそらくHN-3」

「なにやら妙です、しかし」ジェンキンズはモニターを指さした。「飛行時間は三分を切っています」

ハリントンは相対速度を検討し首をふった。「巡航ミサイルはこんなに早く飛べない」

ジェンキンズは作業をしにキーボードへ引きかえし、各レーダー装置から送られてくる追加の数量を整理した。スクリーンに二つの欄を設け、短い飛行のさまざまな時点における相対速度を記入した。彼はコンピューターのスクリーンに指を走らせて、数字を検討していった。

「ママ、私は両方のレーダー装置から送られてきたデータを確認しました。数字は図表の脇にあります」

ハリントンはスクリーンに目を凝らした。「マッハ25。そんなのあり得ないわ。確かなの?」彼女は短い髪の毛を片手で掻きなでた。「あるもんですか」

ジェンキンズは計算を確かめ、彼女を見あげてうなずいた。

「データをもういちど確認して、ジェンキンズ、それから分析全体をプリントアウトしてちょうだい。それが終わったら、ウインターズ伍長に任務を交替してもらいなさい」

「はい、ママ。それから何をすればよいのでしょう？」

「データを持って私と同道しなさい。将軍に会うのです」

3

その日本の沈没戦艦は、まるで古武士のように薄暗がりを衝いて現れた。灰色の船体は脱色して黒っぽく、甲板は分厚い沈泥に覆われていた。大きくはないが細身で優美な船影は、速度と破壊力をうかがわせた。艦首楼の二基の砲塔から一〇〇ミリ砲が空に向かって突き出ていて、万全な防戦体勢を誇示していた。しかし、錆や海藻が描きだしている夥しい筋、それに幾重もの凝固物の層は、その船が二度と陽の光を見る日のないことを物語ってもいた。

「れっきとした戦艦のようよ」サマー・ピットは前方の覗き窓のほうに身を乗りだした。「渓谷の海底にまっすぐ着底している。艦尾に損傷が認められるわ」彼女は沈没船に目を凝らしながらつけ加えた。背が高く、鮮やかな赤い髪を両肩に垂らしていて人目にたつサマーのしなやかな肢体は、くすんだ青い色のジャンプスーツを着ていても隠れようもなかった。

彼女の隣には、同じく背が高く細身で髪の毛が黒い男が潜水艇の操縦席に坐ってい
て、両手で一対のスラスターを操作していた。「駆逐艦だ、大きさからして」サマー
の双子の兄ダークは応じた。彼は楽しそうに沈船に見惚(みほ)れた。「少しビデオに収めよ
う、上の連中に見せるんだ。たぶん、正体が分かるだろう」
彼の誘導で、潜水艇は沈船を端までたどった。船は切り立つ狭い海底渓谷に挟まっ
ていたので、ダークは慎重に潜水艇を操作して左右の絶壁に衝突するのを避けた。後
部スラスターが接近したために、沈泥が水中に湧(わ)きあがった。辛抱づよく潜水艇を静
止させているうちに水が澄んできたので、戦艦左舷(さげん)の鋸歯(きょし)状の破孔を詳しく観察する
ためにさらに接近した。
「魚雷を呑(の)みこんだみたい」サマーが言った。「それに、ほかにも少し」
ダークは広い範囲にわたる損傷に着目した。「魚雷が火薬の引火を誘発したようだ。
あっという間に沈没したはずだ」
ダークがビデオマッピングを完成している間に、サマーは自分たちを水上から支援
してくれている海洋調査船カレドニア号のコンピューターにアクセスした。かなりの
時間のずれはあったが、水中トランスポンダーによってビデオ、資料さらには潜水艇
と母船との間の連絡事項を転送できた。サマーは調査船のコンピューターに接続し、

それを使ってこの海域における沈船関連のＮＵＭＡのデータベースを調べた。彼ら双子は国立海中海洋機関、ＮＵＭＡに勤務していた。アメリカの連邦機関で、世界中の海洋の研究に当たっていた。同機関は気象状況や沿岸の浸食から、海洋の生態系の汚染や健全性に至るあらゆる調査を任務としていた。海洋学者のサマーと海洋技術者であるダークは一緒に仕事をすることが多く、地球上のあらゆる場所へ駆りだされていた。

「〝秋月〟のようだわ」サマーが言った。「三七〇〇トンの駆逐艦でレイテ沖海戦時にエンガノ岬沖に沈んだ」

「われわれのいる場所はそこからたいして離れていない」ダークは言った。「どうして沈んだのだろう？」

「それがはっきりしないの。空襲を受けていたのだけど、アメリカ海軍の戦艦ハリバットが発射した魚雷を受けた可能性がある」

「その後口だろうな」

サマーは微笑んだ。「素晴らしい発見だわ。私たち、沈船を探していたわけじゃないけど」

そうではなく、彼らは西部太平洋で、深海流が海洋の酸性化と炭素の蓄積レベルに及ぼす影響を研究中だった。沈没した駆逐艦は、海中カガヤン渓谷をソナーで調査中に現れたもので、その渓谷はフィリピンのルソン島北岸の沖合へ伸びていた。

彼らの頭上九〇〇メートルでは、彼ら二人の父親がカレドニア号後部の暗い運航室で、大きなビデオスクリーンに映しだされる潜水艇が送ってくるビデオを見つめていた。NUMAの長官なので、ダーク・ピット・シニアはワシントンにある本部で監督に当たっているべき立場にあった。ところが機会があるたびに、彼は首都の汚染された政治風土を逃れて、同機関の調査計画の一つに加わった。近くシンガポールで海洋学会議が予定されていたので、彼はそれを利用して子どもたちの海流調査計画の一部に参加していた。

「見事な沈船だ」ごわつく声がした。ピットは小柄だが逞しい身体つきの男のほうを向いた。髪は黒っぽい巻き毛で、彼のとなりに坐っていた。アル・ジョルディーノはNUMAの海中技術部の責任者で、ピットに同行していた。火のついていない吸いさしの葉巻を口許にぶらさげて、彼は潜水艇の出力と生命維持装置を監視しながらビデオに目を向けていた。

「ひどく厳しい場所だ」ピットが応じた。沈泥が湧きたちスクリーンを埋めつくした。潜水艇は渓谷の側壁ににじり寄っていった。「低いあんな場所で、子どもたちがぶつかってくれなきゃいいが」

ジョルディーノは微笑んだ。「あんたの息子は自分のやっていることを心得ている。なんと言おうとも、最良の師に教えられたのだから」

ピットはそのことになんの疑いも持っていなかった。ジョルディーノは潜水艇に関しては生きている誰よりも詳しかったし、息子ダークとは深海潜水計画で何十回も一緒に作業をしていた。「ただ、ペイントを擦り取られるな、とだけ彼に言ってくれ。あれは新品の潜水艇なんだ」

ジョルディーノはその言葉をヘッドセットで伝えると、笑いを浮かべた。「合点承知だとさ。ついでながら、サマーが言うには、例の沈船は日本の駆逐艦〝秋月〟だそうだ」

「彼らはすでにかなりしっかり記録を収集している。二人に言ってくれ、後片づけをして浮上するように。ここを離れる前に、調べなければならない地域はまだたくさん残っている」

その一瞬後に、調査船搭載の警報が頭上のスピーカーから鳴り響いた。二〇秒ほど経つと、甲高い音に船長の声が取って変わった。

「全員に警告。大波が本船に接近中。衝撃に備えよ。くり返す、全員、衝撃に備えよ」

　ジョルディーノはその知らせを潜水艇に伝え、机に載っている数冊のワークバインダーを床へ移した。ピットは開け放たれたハッチドア越しに右舷の舷側の先を見やったが、目に映るのは朝陽に輝く穏やかな波ばかりだった。やがて船がいきりたった半野生の馬（ブロンコ）なみに跳ねあがった。

　二人とも宙に投げあげられた。彼らの足許で甲板が上下した。船体は軋み、固定していない物が飛び回りぶつかりあう音が船中に鳴りわたった。やがて、騒ぎは収まった。襲ってきたときと同様に波は瞬時に通りすぎ、船は元通り竜骨の上に安定していた。

　ピットは立ちあがりハッチの外へ出ていった。船の背後では、高さが四メートルに近い波がなだらかにうねりながら、巨大な麺棒（めんぼう）さながらに海面を横切っていた。それは早々に視界から消えさり、ルソン島の熱帯の緑の岸辺のほうへ向かった。ピットは遠いフィリピン最北の沿岸をちらっと見つめると、ひょいと運航室を覗きこんだ。

「スティングレイ艇は無事か？」

「ダーク曰く、下ではさほどのことはなかったそうだ」

　ピットはうなずいた。「私は船橋に上がる」

彼は向きを変えて船内を過(よ)ぎっていった。カレドニア号は大きな近代的海洋調査船で、ＮＵＭＡ船団の一隻(せき)だった。ピットは昇降階段を昇って船橋へ向かい、開け放たれたウイングドアから中に入っていった。乗組員三人が船橋に詰めていて、熱帯地方用の白い半袖の制服に身を包んでいた。ピットは肩幅が広く黄褐色の髪の男に近づいていった。彼は船内電話を握っていた。「船になにか損傷は？」

船長のビル・ステンセスは首をふった。「その報告はありません。見掛けほどひどくはなく、不意に平らな海をうねりながら渡っていった。巨大波です、紛れもなく。さほどの衝撃でなかったので、船首で受けとめることができた」

ピットはいまやなだらかな前方の波を見わたした。「水中の地滑りのせいで生じたようだ」

「どうもそうらしい。船上の科学者たちが、地震が近くであったなら突きとめてくれるでしょう。あるいは、潮流のせいかもしれない」

ピットは訝(いぶか)しげに彼を見つめた。

「ルソン海峡の北部は、波の状態が奇妙なことで知られている。異様な上層海流に、すこぶる強力な水中の動き。潮流の衝突に海面の状態が重なって、奇妙な波が生じた可能性がある。ＮＵＭＡが波動モニターブイをこの海域に設置してあるか確かめてみるべきだ」

ステンセスはうなずいた。「私が確かめます、潜水艇が船上に戻ったら。サマーとダークは無事ですか？」

「彼らはスティングレイ艇から問題はないと報告してきた」ピットは知らせた。彼は前方の風防ガラスに近づき周りの海を見わたした。濃いブルーの海の広がりは、近くのいくつかの島に分断されていて、そこはフィリピン諸島のルソン島北部に位置するバブヤン諸島と呼ばれていた。いちばん近いカラヤン島が左舷船首の沖合八〇〇メートルたらずに現れた。ピットが視線を西に転じると、小型の白い一隻の船が船尾からケーブルを曳いているのが目に留まった。「ほかにも誰か、この辺りの深海を探査しているのか？」

ステンセスはまたうなずいた。「先刻、彼らと無線で話をしました。彼らはオーストラリアのある鉱山会社の者で、この海域の調査を行っているんです」

ジョルディーノは船橋に入っていき、二人に近づいていった。「スティングレイ艇は上昇準備中。およそ四〇分で浮上するはずです」

「艇を回収したら、仕事を再開しよう」ピットは言った。彼は海図テーブルに近づき、周辺海域の深浅測量図を検討した。「船長、われわれが最後に停止した調査格子上の場所、カラヤン島南西の突端のすぐ沖から調査を再開してくれ」

「了解」ステンセスが船の北西に位置する緑豊かな島を見つめながら頭の中で針路をはじき出していると、隣にいた操舵手が叫んだ。

「船長！　ほら別の波が。あれは……あの波は大きい！」

　ピットが前方を見やると、水平線上にかすかに細波がたっていた。それは北から彼らのほうへ、ちょうど前回の波のようにうねってきた。高さは決めかねたが、操舵手は両方の波を目撃していたので、こんどの波が最初の倍近くあることが分かった。

「全速前進。右転進、針路０‐１‐５」ステンセスは寄せてくる波に船首を一直線に向けようとした。

　ピットは真っ先に子どものことを考えた。だが、ジョルディーノはすでに彼に先んじて、船橋ウイングの出口へ駆けだしていた。「俺はダークとサマーに、深みに留まるよう警告する」そう怒鳴ると彼は昇降階段を下りて姿を消した。

　ピットは接近する波のほうに向きなおり、近くのカラヤン島を見つめた。

「あの岬の後ろに潜りこめるかもしれないぞ」ピットは島の南東端から伸びている岩の突端のほうを向いた。

　ステンセスはさっと眺めうなずいた。「取り舵一杯、全速前進。針路、３‐３‐０」

彼は片方の眉を吊りあげてピットのほうを向いた。「間一髪でしょう」

警報が船中に鳴り響き、カレドニア号の二基のプロペラは海中に食いこみ、船を北西へ駆りたてた。ステンセスはフィリピン沿岸警備隊に無線を入れ、ルソン北岸沿いの村々に水の壁が迫っていることを警告するよう伝えた。

ピットは舵輪の横に立ち、波に目を凝らしながら心中秘かに船を急きたてていた。脱出レースはいたたまれぬほど捗らなかった。NUMAの調査船は高速用には造られていなかったが、ステンセスは短時間のうちに搭載の動力装置に最大の能力を発揮させていた。二キロ足らず前方で、波の先端がカラヤン島の沿岸に食いこみはじめていた。高波は島の東岸を水浸しにしてはいなかったが、岩場の海辺に激突して水泡としぶきの山が立ちあがっていた。

ピットが近づいてくる波を見つめていると、波の壁は浅瀬に差し掛かるとともに高さを増した。波はその頂点に達すると砕け散り、水の絶壁は危険で重大な損傷をもたらしかねない事を示していた。

ステンセスは風防ガラスの前に立って、迫りくる波と左舷前方の岬に目を見はっていた。元海軍の駆逐艦の艦長だったので、ステンセスは長年にわたる海上経験を積んでおり、海洋のあらゆる状態を目にしてきていた。彼は同時にカレドニア号の裏も表も、その能力と弱点、さらにはその真髄を知り抜いていた。近づいてくる波の砕け散る頂に目を注ぎながら、彼は己の五感と船の感覚を信じて巌（いわお）のように忍耐強く立っていた。的確に一瞬を捉えて、彼は操舵手のほうを向き、落ち着いた声で呼びかけた。「いいぞ、ホプキンズ君、面舵（おもかじ）一杯、微速前進、針路０‐１‐５」彼は船内インターホンに手を伸ばした。「全員、衝撃に備えよ」

操舵手は舵輪を大きく回し、波から目を離して彼の前に搭載されているジャイロスコープを確認した。船は新しい針路に向かいつつあり、彼はあえて前方を覗（うかが）った。彼は前方の島の岩場の広がりをほんの一瞬見たに過ぎなかった。波の壁が殺到したのだ。船橋にいた男たちは衝撃の轟きを耳にした。白い水泡の吹雪が空中に飛びちった。つぎの瞬間、巨大な波が水しぶきの中から、スピードバンプを飛び跳ねたように現れた。

船首が浮かびあがり、つぎの瞬間、まるで船全体が空に向かって打ち出されたように思えた。ピットは高速エレベーターに乗っているように、にわかに胃が持ちあげられるのを感じた。鋼鉄製の船殻は圧力を受けて軋み、船尾が立ちあがり船首がいきなり沈みこんだ。船橋の男たちはその動きにかられて前方へよろめき、波が通りすぎ船尾が沈みこむと後倒しになった。

ほぼその直後に、被害の報告が船のあらゆる部署から船橋へ間なしにもたらされたが、カレドニア号はほとんど痛手を受けていなかった。ステンセスのタイミングとピットの指揮のよさが相まって、船は深刻な被害を免れた。カレドニア号は半島の岩場の背後に深く滑りこんだので、波の力をまともに受けずにすんだのだ。

「見事な判断だった、退避策は」ステンセスが言った。

「あの波が最後であってくれるといいが」ピットが北のほうを見わたすと、以前のように穏やかに凪いでいた。彼は船橋ウイングのほうを向いた。「私は運航室へ下りるので、必要な時は呼んでくれ」

ピットは足早に船橋を離れ、運航室へ向かった。行ってみると、ジョルディーノが空白のビデオスクリーンの前に坐っていた。部屋の奥の本棚の本や手引書が、まるで竜巻が通り抜けたように床に散らばっていた。

ピットはジョルディーノの隣の席に坐った。「スティングレイ艇はなんと言ってきた？」

「通信が一時途絶えている」彼の落ち着いた口調は胸中の不安を覆い隠していた。彼は送信ボタンを軽く叩き潜水艇に呼びかけたが、応答はなかった。

ピットは潜水艇との位置関係を追跡しているモニターを見つめた。黄色い点が点滅していて、信号が依然として受信されていることを示唆していた。ピットは訝しげに位置を見つめた。「アル、これを見ろよ。ビーコンが正しいとすると、彼らは沈船の場所から六キロあまり移動したことになる」

ジョルディーノは太い眉にしわを寄せた。「彼らがそれだけの距離を移動するには、一時間は掛かるはずだ」

サマーの声が突然彼のヘッドセットから流れ出た。「スティングレイからカレドニアへ、聞こえますか?」

「大きくはっきり」ジョルディーノは答えた。「そっちの状況は?」

「万事好調。大きな橇（そり）に乗ったように滑走したけど、いまは静かな水中にいます。私たち間もなく浮上の予定です」

「そこの深度は?」

「一五メートル足らず。今は隆起の上に定着しています」

「了解。われわれは回収しにそっちへ向かう。カレドニア号、送信終わり」

ピットは船橋へ電話した。「スティングレイ艇と落ち合うために移動できるだろうか?」

「むろんです」ステンセスは答えた。「二、三の研究室の機器が多少損傷し、科学者がひとり腕を折りましたが、それ以外われわれは無事です。ダークとサマーはオーケーですか？」

「ああ。ただし、われわれが彼らを投下した場所からは大分流されているが」

「彼らを早く拾いあげて本土へ向かうに限る」ステンセスは言った。「沿岸のいくつかの地域はきっと波の強い衝撃をうけているから、われわれが力になってやれるかもしれない」

ピットは潜水艇の新しい所在地を携えて船橋へ引きかえした。カレドニア号は針路を変えて南へ向かった。ピットが黄色い潜水艇を探して海原を見わたしていると、彼らの針路沿いに低く横たわっている物体が目に留まった。

「船長、右舷船首前方の水上に誰かいるぞ」

ステンセスは双眼鏡を鷲づかみにし、その方向を見た。「男二人です、空のドラム缶にしがみついている」

「横づけにしてくれ。アルと私はゴムボートを舷側から下ろす」

ピットは船橋を駆けだし、途中でジョルディーノを捕まえ船尾デッキへ向かった。

船尾で彼らは収納されている硬式膨張式ボートを送りだす準備をした。カレドニア号が数分後に、波間に浮き沈みする二つの頭のそばで速度を落とすと、ボートが舷側越しに下ろされた。ジョルディーノはボートが海面に着いた瞬間に船外モーターを作動させ、ピットは昇降用索を解いた。黒い膨張式ボートは漂っている目標めざして疾走した。

ピットは若い男二人を水中に見つけることができた。二人とも明るい色の髪の毛をしていて、赤いドラム缶にしがみついていた。彼らは脅えてドラム缶から手を離そうとしなかったが、ジョルディーノがボートを操って横に寄せ、ピットは彼らに手を差しのべた。

「もう大丈夫。さあ、乗った」ピットは手前の男の襟をつかんでボートに引きずりこんだ。彼はボートに転がりこみ、床に震えながら呆然と坐りこんだ。二番目の男はもっと協力的だった。彼は必死でしがみついていたドラム缶を放してピットに手を伸ばしたので、ピットはすぐさま彼をボートに引き揚げた。

「ありがとう」そのぐしょ濡れの男はつぶやいた。

「君たちはどこから来たのだね？」ジョルディーノが訊いた。

「調査ボートです。波に投げだされたのです」

二人とも叩きのめされ痣だらけな感じで、口数の多いほうの男の腕には血まみれの傷が一つ口を開けていた。彼は腕をさすっていたが、そのうちに目を見張った。「ミス・ソーントン！　あの人もボートに乗っていた！」彼は身体を起こし、しきりに南西を指さした。

ジョルディーノはモーターを作動させ、膨張式ボートを指示されたほうへ誘導した。ピットは立ちあがり、すぐさま指さしてジョルディーノに知らせた。「あそこだ、波間の低い箇所」

ジョルディーノはうねりの間に白い丸みを帯びた形をちらっと垣間見て、ゴムボートをそちらに向けた。調査ボートは四〇〇メートルほど前方にあった。近づいていっても船体はほとんど見えなかった。

調査ボートは大波に出くわして転覆、九〇パーセントが水に浸かっていた。ピットは一目見るなり、このボートは間もなく深みに姿を消すと見抜いた。膨張式ボートが横に近づいていくと、転覆しているボートはたちどころに反応し、もがきながら横へ滑り海面下に滑りこんだ。南海の海は透明なので、ピットは調査ボートのキャビンを目にすることができた。ほんの束の間だが、舷窓越しに彼は動きを捉えた。

それは女性だった。青い目に必死の形相を浮かべて、顔をガラスに押しあてていた。彼女の目は一瞬ピットを捉えたが、つぎの瞬間、視界から姿を消した。調査ボートが三〇〇メートル下の海底へ潜行しはじめたのだ。

4

ピットは舷側から躊躇なく飛びこんだ。海は暖かく澄んでいて、目を開けると調査ボートが自分のすぐ下を沈んでいくのが見えた。彼はボートを目指して脚を蹴った。だが、いっこうに近づいているように思えなかった。左右の腕を掻き、いっそう強く脚を蹴って追いかけた。

ボートは舳先を下げていて、沈みこむにつれて速度を増していた。ピットは手を伸ばして、小さな円盤に覆われた調査用曳行ケーブルを握りしめて、船尾板へ自分を引きよせた。順に手繰って、側面の手すり沿いに前進して小型ウインチの横を滑るように通りすぎ、キャビンにたどり着いた。

視界が悪くなったし、水温が下がったので震えがきた。練達のダイバーの彼は、顎を前後に動かして、増すいっぽうの水圧のせいで生じた耳詰まりを解消した。彼は深さと勝ち目のない戦をしていた。一秒たりと無駄にせずに、彼は猛然と動いた。

細かい泡が一筋、閉ざされたキャビンのドアから漏れ出ていたし、ピットは中でする、物がぶつかり合うくぐもった音を聞きつけた。彼は身体を伸ばして両手でドアの取手をつかみひねった。それは簡単に回ったが、ドアはほんの数ミリ動いただけで、いっそう激しく水泡が出てきた。一筋の灯りが、ドアの隙間から漏れ出ていた。ボートのバッテリーはまだ切れていなかった。いまや彼は物がぶつかり合う衝撃を感じた。反対側にいる女性が死に物狂いでドアを蹴っているのだ。それにむせぶような罵り声にも気づいたし、そのことはキャビンの中にエアポケットがあることを彼に告げていた。

薄れゆく視界の中で、ピットはドアが開かない理由に気づいた。ドアの天井の一部が、ボートが転覆した時に押しつぶされたために、ドアの上枠が噛んでいたのだ。ピットは窪んでいる個所に手を当てて押してみたが、びくともしなかった。手早く元の状態にもどす方法はなさそうだった。

深く潜るにつれ、ピットの肺が痛みはじめた。しかも、わずか数秒のうちに解決策を見つけねばならなかったので、深く考えず反射的に行動を起こした。彼はあえてデッキに下りて、ドアの取手から手を離した。水流に船尾のほうへ流されながら、彼は左腕を伸ばした。ウインチにぶつかったので、それを両方の手でしっかりつかんだ。

もっぱら触覚で、彼はケーブルの輪と取りこみ用のフックを探りあてた。それは一本の横木に取りつけられていた。

彼は制御盤を手探りで捉え解放ボタンを押し、後は祈った。バッテリー作動のウインチは回りはじめ、ケーブルがたるんで彼の手の中に下りてきた。それを四メートルほど巻き取ると、両脚をウインチの側面に押しあて、キャビンのほうへ身体を伸ばした。ドアの枠をしっかりつかんでいなかったので、彼は上半身を起こしてケーブルを取手に巻きつけた。そこで、ドアの枠から手を離し、ケーブルをウインチまで引きずり下ろすと巻き上げボタンを押した。

ケーブルはただちに回転をし、弛(たる)んでいたケーブルは引っ張りあげられた。ウインチは一瞬張り詰め、つぎの瞬間にはドアがその桎梏(しっこく)から解き放たれ飛びだした。

一筋の光と大きな気泡が、一人の女性の姿と一緒に開口部から現れた。つぎの瞬間、総てが真っ暗闇に包みこまれた。ピットが蹴ってデッキから離れたとたんに、彼の下で船が沈みこんでいった。彼は脚を蹴り腕を掻いて海面を目指した。

もう人命救助から解放されたので、いまや彼は息を吸う必要に切実に迫られていた。軽く息を吐いて緊迫感をほぐし、筋肉を張りつめて力をふり絞り、精いっぱい強く脚を蹴り腕を掻いた。海面の光に向かって上りながら、彼は頭上に女性の姿を捉えた。

彼女は気だるげで、ほとんど脚を蹴っていなかった。ピットは彼女のほうへ向かい、片方の手を彼女の腕の下に入れ、脚を強く蹴りつづけた。ピットは水が温かくなるのを感じ、頭上には銀色の細波(さざなみ)が見えた。彼の身体は空気を求めて叫びたてていた。最後の突進で、彼は輝く陽光のなかに飛びだし、女性を隣に抱えあげた。

ＮＵＭＡの膨張式ボートは少し先に漂っていた。ジョルディーノはさっと近づき女性をつかみ、ボートの中に引きずりあげた。ピットは立ち泳ぎをしながら息を整えた。

「三分足らずだ、俺の計算では」ジョルディーノはピットのほうを向き片手を差しのべた。

ピットはさらに何度か深く息を吸いこみ、友人の手をつかんだ。「以前は五分くらい平気だったのだが、そんな日々は遠い昔のことになってしまったようだ」彼は喘(あえ)ぎながら身体を持ちあげボートに乗りこんだ。

前方のベンチでは、若い二人の男が女性を自分たちの間に坐らせていた。彼女は青白く呆然としていて、ピットが向かいの席に坐ろうとすると顔をあげた。均整の取れた三十五歳前後の女性で、湿った褐色がかった髪が魅力的な顔を包んでいて、柔らかみのあるブルーの目が一段とその顔を引きたてていた。彼女はピットが近づいてくると身体を起こして話しかけようとした。しかし、お礼を言いたかったのだが、長々と咳きこんでしまった。

ピットは彼女の膝を軽く叩いた。「長いフリーダイブだった。いまは寛いだらいい。ほどなく、あなたを船医に診てもらえるようにしますので」

彼女はうなずいた。ゴムボートはカレドニア号の舷側に着き、船上に引きあげられた。待機していた乗組員二人が女性と彼女の同僚を検診のために医務室へ手早く案内し、ステンセス船長はピットとジョルディーノに近づいていった。

「ほかにボートに乗っていた人はいないのか?」ステンセスは訊いた。

「いない」ジョルディーノは答えた。「彼ら三人だけだ。彼らが言うには、海底調査をしていた時に、例の波に襲われてボートは転覆した」

「運がいい、命拾いしたなんて」ステンセスは言った。

調査船が完全停止から加速し、彼らの足許のデッキが低い唸りを発した。

「ダークとサマーが浮上し回収を待っている」船長が舷側越しに南を指さした。「それが済んだら、ルソンへ向かって精いっぱいの救援をしよう。例の波は沿岸部をそうとう強く揺さぶったものと思える」

「アルと私はヘリコプターで先発して状況を探る」ピットは言った。「乾いた着るも

「われわれは沿岸地帯の通信をずっとモニターしています。アパリという町が何度も救助を求めているので、その方向へ向かいましょう。われわれを向かわせたい場所がほかになければ」

ピットはうなずき、自分の船室へ急ぎ衣服を着替えた。そして、船のヘリパッドへ向かった。それは右舷船尾の上に突き出ていた。ジョルディーノはすでに操縦席に収まり、エンジンを暖めていた。

「あんたに一休みしてもらおうと思ったので」ジョルディーノは操縦桿を軽く叩きながら、副操縦士席に収まるピットに話しかけた。

「大いにありがとう」

ジョルディーノはカレドニア号の船橋に無線を入れ、ベル505ジェットレンジャーを澄んだ青空へ上昇させた。

「本土までおよそ二〇キロ」ジョルディーノはヘッドセット越しに知らせた。

ルソンの北岸は明るい緑の一列の線を描いて水平線を横切っていた。ピットはその地域のデジタルマップをベル機のフライトディスプレイに映しだした。「海辺に達し左折すると、アパリの町は五キロほど先だ」彼は知らせた。「大波の衝撃を受けた主な地域では最大の町らしい。西側には小ぶりな町が一つあるが、通りすぎてよさそうだ。まだ幸いなことに、この沿岸地域には都会はまばらなようだ」

ジョルディーノは弧を描いて調査船から離れ南へ向かうと、ほんの一瞬針路から逸れてスティングレイ艇の上空で旋回した。黄色い潜水艇は近くの海面に漂っていて、これと言った損傷は受けていないようだった。

ジョルディーノが飛行を続けるうちに、色鮮やかな緑の沿岸が風防ガラスを埋めつくした。大波による被害がたちどころに明らかになった。根こそぎにされたヤシの木が海辺に散らばったり磯波に漂っていたりして、その周りを枝葉や断片がとり巻いていた。さらに、内陸部に食いこんだ水際は、大波が海岸から一〇〇メートル近く奥まで水浸しにしたことを示していた。

ジョルディーノはヘリコプターを西へ向け、海岸線すれすれに飛んだ。飛びつづけるうちに目撃される被害は減っていき、やがてまったく見当たらなくなった。飛行二四キロの地点で、彼らはアブルグという町に達した。子どもたちが泥の路上で遊んでいたし、海岸沿いに不安げな気配はまったくなかった。

「ここはまったく水を被っていないようだ」ジョルディーノが言った。「大波はこの地点に達する前にきっと消滅したんだ」

「ありがたいことに、そのおかげで被害はかなり限定された範囲ですんだようだ」ピットは応じた。「でもちょっと妙だ。大波はよほど近くで発生したか、沖合のいくつもの島が波を分断したか」

ジョルディーノはヘリコプターを反対方向へ向けて東向きの針路を改めてたどり、最初に目撃した陸地の上空を飛びつづけた。波の力は深刻な被害を受けた幅三キロあまりの地域に歴然と認められたが、彼らが東へ移行するにつれて被害は軽微になっていった。彼らは荒れ狂うカガヤン川を横切った。フィリピンでいちばん長い川だった。水の流れは速く、堤防は大波が内陸部へ押し寄せたために氾濫していた。

堤防を越えるとすぐ、眼下に一つの町が現れた。アブルグとは異なり、アパリの町は被害を免れていなかった。泥濘や瓦礫が通りに散らばっていて、通りはことごとく引きつつある洪水に覆われていた。倒れた数軒の家と残骸の山が海辺に点在していた。しかし、海際の奥にある町の大半は最少の被害ですんだようだった。

ジョルディーノは町の上空で旋回した。「波はここを襲うころには落ち着いていたようだ」

「ほぼ小さな洪水ですんだらしい。数軒のビーチハウスを除いて」ピットは地上の一人の老人に親しげに手をふって応じた。やがて彼は波打ち際のほうを指さした。「あれを見ろよ」

ジョルディーノは左のほうへ首を伸ばした。磯波の中に飛行機の機影が横たわっていて、尾翼の一部が海中から突き出ていた。

「大きな航空機だ。ターボプロップ・エンジン四基」ジョルディーノは言った。「妙な場所に降着したものだ」

「きっと海岸を目指したのだが、果たさなかったのだ。ここにだいぶ居座っていたらしい」

彼らは町の上空を飛びつづけ、地元住民に手を振って迎えられた。やがてヘリコプターは弧を描いてカガヤン川へ引きかえした。激流の上を飛んでいる最中に、ピットが叫んだ。「止めろ!」

ジョルディーノはベル・ヘリコプターをホバリングさせ、ピットは水中のなにものかを指さした。ジョルディーノは川を下っているヤシの折れた幹に目を凝らした。それは水面に数多く散らばっている一つにすぎなかったが、このヤシは他のとは異なっていた。

その半ば沈んだ幹には、長髪の女性一人と子ども二人が命がけでしがみついていた。

5

「彼女たちの下流へ降下」とピットは命じ、ヘッドセットをはずし安全ベルトを解(と)いた。

ジョルディーノは加速して川を下り、ベル・ヘリコプターを川の上に急降下させた。

「飛びこむのだろう?」彼はピットに叫んだ。

「すでに今日は一度、ずぶ濡れになっているから」ピットは向きを変え、側面のドアを横に開いた。

ジョルディーノは近づいてくる樹の幹を見つめながらヘリコプターを横へ小さく移動させて、流木の道筋に合わせた。流れの上で少しホバリングしてからピットのほうを向くと、彼の姿はなかった。ピットはサイドスキッドに乗りだし水中にすでに飛びこんでいた。

ジョルディーノはただちに上昇し弧を描いて上流へ移動し、救助に向かうピットを遠くから追いながらカレドニア号に無線を入れた。

飛びこんだとたんに、ピットは殺到する川の強烈な力を感じた。前回の飛び込みとは異なり、水は黒っぽく冷たく流れが速かった。流れに爪(つめ)を立てて水面を目指していると、姿の見えない枝やがらくたが身体にぶつかってきた。

彼が上流に向きなおると、一〇メートルほど前方にあの沈みかけているヤシの木が目にとまった。いまはその横に頭が二つしか見えなかった。ヘリコプターの空気をたたく音と川の咆哮(ほうこう)越しに、ピットは大きな悲鳴を聞きつけた。それは一方の人影が発していた。髪の長い女性だった。ピットは流れに逆らって水を掻き、近づいてくるヤシの木に向かった。しかし、流れに向かってひたすらに直進はしないで、ヤシの木が近づいてくる間合いを計った。

女性とその娘は木の横にしがみついていた。女性は片方の腕を、川面(かわも)から突き出ている少年の黒っぽい髪のほうへ伸ばしていた。しかし、川の強烈な流れのために息子は手の届かぬ先へ流され、母親はまた悲痛な叫び声をあげた。

ピットは停まってヤシの木をやり過ごすと、両腕を泥まじりの水の中に強く押しこみ、水を掻いて川を横切った。母親の叫びは、娘と一緒に漂いながら通りすぎるとともに遠ざかっていった。ピットが目標めざして懸命に泳いでいると、少年が波の下に消えてしまった。一瞬、ピットは少年を見失ってしまったのではと恐れた。やがて、小さな黒っぽい頭が数メートル先に現れた。ピットは水を切って進んで少年を片方の腕でつかみ、彼の頭から首まで水面の上に揚げた。五歳になるかならずの咳きこむ少年を、ピットはしっかり抱きとめた。

「だいじょうぶだ、君」ピットは慰めるように声を掛けた。彼は川岸のほうを見て脱出口を探したが、二人は猛烈な勢いで流されていて岩場の堤防にたどり着くのはとうてい無理だった。洪水は収まり川は元の水路に戻っていたが、いまや深みを増し狭まった川筋を加速して流れていた。だが間もなく川は海に注ぐので、その荒れ狂う力は失せるはずだ。波に乗って切り抜けるほうが安全だ、とピットは計算した。

数メートル横を、太い一本の木が漂いながら下っていた。ピットは横泳ぎでその幹に近づき、空いているほうの手でそれにつかまり少年を脇に引き寄せた。少年は幹に這いずって上り、恐怖に目を剝きながらそれに馬乗りになった。彼の咳きこみは停まって、その顔には血の気が戻り、身体の支えにピットの手をにぎった。

「しっかりつかんで、川下りを楽しむんだ」ピットは声を掛けた。少年はタガログ語しか話せないようだったが、感謝の面持ちを浮かべてピットにうなずいた。

彼らは急速に河口に向かっていたが、その間もピットはベル・ヘリコプターに注意を向けていた。ジョルディーノは上流で成り行きをすべて監視していたのだが、いまや低く舞いおり少し離れた場所でホバリングしていた。ピットが見あげるとジョルディーノは下流の母親のほうを指さした。

彼女がしがみついていたヤシの木は、いまは水中に完全に沈んでいた。彼女とその娘は、木が水中に沈みこんでしまったので、懸命に頭を水の上に保とうとしていた。

ピットはジョルディーノにうなずき、少年の肩を軽く叩いた。「つかまっているんだぞ」ピットはそう言いながらヤシの木を指さした。それから木を押しだし、脚を蹴って下流へ向かった。

彼らはカガヤン海に流れこんでいる深いが狭い流れを横切った。海には町から川に流れこんだがらくたが一段と多く浮かんでいた。ピットはボール箱やプラスティックのごみ袋を掻き分けて、母親と少女に近づいていった。

ピットが手の届く距離に近づいたとたんに、親子は二人とも水面下に潜ってしまったが、まだ水中のヤシにしがみついていた。数秒後に、彼女たちは水を跳ね水を吐きちらしながらまた姿を見せた。

ピットはまず少女のほうに手を伸ばした。若い十代の娘で、その目は恐怖に怯えていた。ピットは彼女の腕をつかんで浮かばせておき近くにいる母親を探った。少女も母親も泳ぎを知らなかった。ピットは二人を浮かし続けることが並みたいていでないことを痛感した。

彼はひっくり返った木製ベンチが傍(かたわら)に漂っているのに気づき、少女をそのほうへ引っぱった。少女は急かされるまでもなく察し、母を助けてもらうためピットをつかんでいる手を離した。

下流のすぐ先で、母親は両方の腕をばたつかせていた。頭をほとんど水中から出していられないために、彼女がすぐ疲れてしまうのは分かっていた。ピットは彼女のほうへ泳いでいったものの、必死でしがみついてくる手や蹴ってくる足を避けるため、近づきすぎるわけにはいかなかった。彼は自分がこれまでより早く流されているのを感じたが、川は最後の狭い水路を勢いを増して通り抜け海に合流していた。女性の動きが弱まり水面下に沈みはじめたので、ピットは泳いで近づき彼女をつかんだ。

もはや彼女のばたつきを心配する必要はなかった。彼女は小柄だったし、身長も娘と変わらなかった。彼女はピットに捕まえられると安心し、脇に抱えられたまま何度も深く息を吸いこんだ。

「私の子どもたち！　私の子どもたち！」彼女はタガログ語で叫んだ。

ピットは水中で彼女の向きを変えて、背後にいる息子と娘が見えるようにしてやった。川は一段と波たち騒ぎ、流れが強くなり、堤防は後方へ退いた。彼らは海に入りこみ、沖へ押しだされつつあった。頭上ではベル・ヘリコプターが羽ばたいていた。ピットは母親を太い木に乗っている息子のほうへ伴った。少女は木にしがみついたまばた足をして、母親との水浸しの再会を目指した。

ピットも幹につかまって、泳ぎ疲れた身体を休めていた。アドレナリンはとっくに消え失せ、それに代わって四肢の疲れが残っていた。彼が反り返って見あげると、一羽の鵜が餌を求めて残骸の上を低く飛んでいた。遠くでする物音に、ピットの休息がかき乱された。ヘリコプターは遠のき、ローターのばたつく音に船外モーターの唸りが取って変わった。黒い膨張式ボートが一艘、人を三人乗せて高速で突進してきた。

ピットは微笑んだ。娘のサマーが艫に、息子のダークが舵を取っていた。第三の人物に彼は驚いた。調査ボートから彼が救い出してやった女性だった。

膨張式ボートは音を轟かせながら接近、ダークはエンジンを切ってボートを漂わせて水中の人たちに近づかせた。

「誰が最初？」サマーは濃い髪の房を掻きあげながら水面に手を伸ばした。

「レディたちさ、むろん」ピットはまず少女の腕を取って膨張式ボートの横へ泳いでいくと、サマーが少女をボートに引きあげた。彼は少女の母親にも同じことをくり返し、つぎに少年が慌ただしくボートに乗りこむのに手を貸した。彼は木を脇に押しやりボートの側面で腹這いになると、ダークが彼の腕をつかんでボートに乗せてくれた。

「だいじょうぶ?」若いほうのピットが訊いた。

「歳の取りすぎで、オリンピックの水泳競技は無理だ」人助けの二度の潜水でくたびれたピットは、ボートの側面にもたれて床に坐りこみ、サマーが手渡してくれたボトルの水をごくりごくりと飲みこんだ。「お前たちがここに現れるとは思わなかったよ」

「サマーと私がカレドニア号に乗ったとたんに、アルから船に無線が入った」ダークが言った。彼は向きを変えて、ホバリング中のベル・ヘリコプターに手をふり、ジョルディーノが主回転翼を傾けると機首の向きを変えて、近づきつつあった調査船めざして北へ飛んだ。「膨張式ボートはちょうど待機中だったので、われわれはそれに飛び乗って駆けつけた」

「それはよかった。われわれのお客さんをこれから岸へ運んでくれるのだろうな」

ピットは向きを変えて、ボートの舳先のほうを見た。サマーが片側に坐って、脅えている少女の頭を抱きかかえており、調査ボートの女性は少年の状態を調べていた。

「マーゴットはEMT(救急救命士)の訓練を受けたそうです」ダークは父親の胸中を読んで知らせた。「どうしても一緒に行くと押し切ってきたんです、誰か怪我(けが)をしているかもしれないからって」

　母親を診終わると、そのブルネットの髪の女性はにじり寄ってピットの隣に坐った。彼女は借り物のNUMAの繋ぎを着こみ、長い髪をポニーテイルに結わえていて、まじまじとピットを見つめた。「泳ぎはいかがでした？」彼女は軽いオーストラリア訛りで訊いた。

　ピットは小さく微笑んだ。「泳いだというより、もっぱら木にまたがっていたんです」

「マーゴット・ソーントンです」彼女は片手をさしのべながら言った。「先ほどは命を助けていただいたのに、お礼を忘れてしまいまして」

「あの時、あなたはいささか水浸しの状態だった。無事な様子でなによりです」

「おかげさまで」

「お友だちも無事で？」

「セスとアレクですか？　ええ、元気です。だけど、少しばつが悪そうです、自分たちがしくじったのに、見知らぬ人にボスを助けてもらったもので。しかし、どちらも泳ぎが得意じゃないんです」

「たまたまその場に居合わせただけです」ピットは川のほうに向かってうなずいた。

「こんなに早く、あなたが動き回れるようになるとは思っていませんでした」

「私が手すりの上で新鮮な空気を吸っていると、あなたの息子さんが話してくれたんです、あなたが川で人を助けようとしていると。私は基礎的な緊急医療訓練をいくらか受けていますので、なにかお役に立てるのではと思ったのです」彼女がフィリピン人の母親をちらと見ると、母親は両方の腕で子どもたちを抱きしめながら微笑みかえした。

ダークはエンジンを入れ、ボートを海岸へ疾走させた。ショーツとタンクトップの男が一人、海辺に立って彼らに狂ったように手をふっていた。ダークは磯波を縫ってボートを男のほうへ向かわせ、ピットとジョルディーノが先刻目撃した水没した飛行機のそばの海辺へ膨張式ボートを走らせた。ピットがその残骸に目を留めている間に、ダークは軽い磯波を縫ってボートを水際に乗りあげた。例の男は駆けより、自分の子どもたちをボートから掬(すく)いあげ妻を抱きしめた。

男は向き直り、ピットの手を肩から抜けそうになるほどふった。「水の中のあんたを見た。ありがとう、家族を救ってくれて」

ピットはうなずいた。「町に負傷者はいるのだろうか？」

「何人か波に襲われ怪我をした。どれくらい重いかわたしにゃ分からんが」

「これから行って、力になれるかどうか確かめるほうがいいわ」マーゴットはボートから下りながら言った。ダークとサマーが、すたすたと町へ向かう彼女の後を追った。

「重傷者がいれば、われわれが船まで運んでやれますが、必要なら」ダークが言った。

　砂浜を上っていきながら、サマーは立ちどまって父親のほうを振り向いた。彼は膨張式ボートの横にまだ立ったまま墜落機を見つめていた。「ここに残るつもりなの、ボートと一緒に？」

「すぐ後から行く。この水中の代物（しろもの）の正体を知りたいだけで」

　サマーは父親を見つめた。ぐしょ濡れで疲れきっていたが、いまなおすっくと立って物思わしげな表情を浮かべていた。彼は磯波の中の残骸を好奇に満ちた眼差（まなざ）しで見つめていた。サマーは微笑むしかなかった。彼女は向きを変え、父親をその決断に任せた。彼だって抑えようがないのだ。彼女には分かっていた。水没している航空機の謎（なぞ）が、深海のサイレンさながらに彼に呼び掛けているのだ。

6

その飛行機は逆さまになっていた。一対の垂直尾翼の基底部だけが水中から突き出ていて、数秒ごとに寄せ波の白い泡に覆い隠されていた。ピットは磯波の中に分け入って、側面から機体に近づいていった。見たところ、大きな機体はまったく無傷で、ひどく古そうな感じがした。

彼はかがみこんで、片方の手で胴体に触れた。機体の外板はアルミニウムで、かつて磨きあげられていた表面は腐食し海藻に覆われていた。ピットは寄せ波に潜り海底沿いに泳いで機首を回った。機首は沖を指していた。いまや、一方の主翼が欠けているのが認められた。しかし、もう一方の主翼は大きなエンジン二基を支えていた。ピットは泳いでその主翼に近づき、手前のエンジンを調べてみた。そのカウリングの一部は消え失せていた。

エンジンナセルには大きなV-12エンジンが一基収まっていた。彼が逆さまになっているバルブカバーの沈泥を払いのけると、赤く塗られたロールス・ロイスという名前が現れた。

ピットは尾翼のほうへ向かい、波の下に潜ってH型をした尾翼を調べた。浅瀬に立って息を整えながら、この航空機はアブロ・ランカスターだと判断した。第二次世界大戦当時のイギリスのランカスター戦略爆撃機を民間機に転用した機種で、動力は有名なロールス・ロイス・マーリンエンジンであることを彼は知っていた。胴体沿いに移動し、また一息吸うとテイルブームのすぐ前にある側面のドアを目がけて潜った。割れた窓から手を入れて掛け金をずらし、肩をドアに押しあてた。ドアは中を埋めつくしている水に逆らってじょじょに開いた。

ピットは身体をすぼめて中に入った。陰鬱な感じで内部は暗かった。沈泥と固着物が付着しているせいで、窓は弱い緑色の光を虚ろな感じの黒い機内に投げかけていた。彼は手探りで隔壁沿いに操縦室へ向かったが、そこも同じように暗く、窓はみな砂に埋もれていた。

息が途絶えそうになった。ピットはドアへ引きかえし、海面めざして脚を蹴った。疲れた身体は限界に達したことを告げており、彼は磯波を掻き分けて海辺に上がった。

上手の町から、サマーは父親が海から出てくるところを目撃し、彼の許へ駆けおりて行った。「なにが見つかったの？」

「古いイギリスの飛行機だ、四〇年代に建造されたものらしい」ピットは逆さまになっている尾翼部分を指さした。「アブロ・ランカスター、だと思う。片方の主翼がないが、内部は無傷のようだ」

「機内に入れたの？」

ピットはうなずいた。「暗すぎてなにも見えなかったが」

「すると、きっと最近、墜落したんだわ」

「いや、そうは思わん。さっきの波の作用が、さして手間取らずにあの機体を掘りだしたにちがいない。だが、腐食状態からすると、機体は何年も深い海中に横たわっていたようだ。この浜には、たんに打ちあげられたのだと思う」

「それって妙ね？」サマーは言った。「あの津波のせいなの？」

「そのはずだ」

低く鳴りひびく音が海上にひろがった。彼らが顔をあげるとカレドニア号が沖合に近づきつつあった。サマーは立ちあがり手をふって、船の汽笛に答えた。「私たちに戻ってきてほしいような感じ。ダークは無線を持っているけど」

「では、ほかの被害者たちを探すのが先決だ」サマーはピットと並んで砂浜を上って町へ入っていった。

通りは泥でぬかるんでいたが、住民たちに動揺している感じはなかった。大人の男女それに子どもたちはすでに、シャベルや箒で後片づけをしていた。

被害は最初の一ないし二ブロックと、海辺の商店に限られていた。ピットとサマーが泥を掻き分けて通りを進んで行くと、ダークがワンブロック先の一軒の露天青物屋の前に立っていた。年老いた一人の女性が両腕を握りしめて石段に坐りこんでいて、マーゴットがその女の片方の踵に厚手の包帯を巻いていた。

ダークは父親と妹が近づいていくと顔をあげ、ベルトの携帯用無線を軽く叩いた。「カレドニア号が呼んでいる」彼は父親に知らせた。「至急、船に戻ってほしいそうです」

「そんなことだろうと思ったが。理由を言っていたか？」

「ルディがD.C.から掛けてきたんだけど」

ピットはうなずいた。「ここの情況はどうだ？」

「あの波にまともに襲われたのは、ほんの限られた一部だった。災難だったが、負傷者は少ない。マーゴットは腕に裂傷を負った一人の男の手当てをしてやった。この女性は踵を捻ったらしい。われわれが市の役人たちと話したところでは、彼らの主な関心は供給される淡水が汚染されはしないかということだった。病が急速に広まる恐れがあるから」

「船にはポータブル脱塩装置がある。あれを海辺に運びあげて作動できれば、急場しのぎに飲料水を提供できる。その間に地元が水の安全を確保できるだろう」

ダークはうなずいた。「われわれが船にもどりしだい、私がその面倒を見ます」

マーゴットは立ちあがり、年老いた女性を自宅の中へ連れて行ってやると、ほかの者たちの所へもどってきた。「医療面で、私たちにできることはもうなさそうです」彼女は知らせた。「病気が発生しなければ」

「われわれはカレドニア号で待機して、できる限りの援助をする」ピットはマーゴットの瞳に自分と似た疲れの色を見てとった。「あなたはもう十分やった。あなたとあなたの仲間を、皆さんの船へお届けすべきだろう。あなたのお友だちは鉱業船だと言っていた。ヘリパッドをお持ちですか?」

「持っています。私たちのヘリコプターは修理中ですので、パッドは空いています。私たちを船まで運んでいただけるのですか?」

ピットが顔をあげると、例の老女が窓から顔を出して手をふった。「あんたもひどく疲れたろう」ピットは声を掛けた。

みんなで膨張式ボートへ引きかえしながら、ピットは水中の墜落機のことを息子に詳しく話した。ダークはよく見るために水を搔き分けて近づいてから、膨張式ボートへ向かい、ボートを水中に引きずりこむのを手伝った。「あれは改めて一見する価値があるな」

「お前とサマーは船からエアタンクを運びだす」ピットは命じた。「それに、あれに関してほかに何か分かるか調べる」

ダークは嬉(うれ)しそうに笑った。「てっきり、親父さんがここの楽しみを独り占めするつもりなのだと思っていたが」

7

ルディ・ガンはまるでカフェインを飲まされたハチドリのように、せわしなく部屋をうろつき回っていた。NUMAの次官は角縁の分厚い眼鏡を外し、シャツでレンズを磨いた。これで三度目だった。細く引きしまった体形で、元海軍の中佐だったガンは、日頃我慢づよく学究肌だった。しかし、ワシントンD.C.のNUMA本部の狭苦しい暗い会議室で待たされていると不安が募った。

その部屋は技術的にみて安全ではなかったし、本来NUMAはそんな部屋を必要とはしていなかった。しかし、建物の奥深い一画にある改良した小部屋は、ホワイトハウスのどの部屋よりも盗聴防止に優っていた。

ガンの顔に血の気が戻った。ピットとジョルディーノが壁面のビデオスクリーンに現れたのだ。二人はカレドニア号の同様に狭苦しい部屋の椅子に坐った。

「待たせてすまん」ピットが言った。「思いがけない波騒ぎがあって、いささか被害が出たんだ」

「ステンセス船長が教えてくれた」とガンは伝えた。「全地球津波警報網で調べてみたが、そっちの海域に警報はまったく出ていなかったが」

「かりに発生しても」ジョルディーノが言った。「誰も知らせてくれなかったのでは」

「警報網にはまだ落ちがたくさんあり、完璧(かんぺき)な態勢にはほど遠い」

「そこが警報を発しなかったにせよ、強烈な波だった」ピットが言った。「この近くで発生したらしい」

「ここの地震関係者たちに調べさせます」ガンは言った。

ジョルディーノは火のついていない葉巻をラップトップ・ビデオカメラのほうにふりながら、ガンの背後の壁が剝き出しのコンクリートであることに気づいた。「ひょっとして、ルディ、あんたは両親の地下室に潜りこんでいるのか?」

「いや。NUMAビルの地下テスト・プールの下にいるんだ。君たち防諜(ぼうちょう)面はだいじょうぶか?」

「可能な限度一杯で」ピットが答えた。「われわれは安全な衛星回線を使っているし、機関室の隣の奥まった部屋に坐っているんだ」

ジョルディーノは額の汗をぬぐった。「それに、エアコンがないんだ」

ている」

「さっそく要点を伝えます。国防総省はある回収計画で、君たちに直ちに協力を求め

「われわれが乗っているのは海洋学調査船だ」ピットが応じた。「サルベージ船ではない。沈没船を回収する装置は備わっていない」

「彼らが関心を寄せているのは船ではなく、あるミサイルなんだ。現に、あんたたちの船は、問題の海域にもっとも近い地点にいる」

「なんでそう急いでいるのだろう、ミサイルが一基消息を絶っただけで？」ジョルディーノは訊いた。

「わが国のミサイルではないのだ」ガンはまた眼鏡のガラスを拭いた。「中距離巡航ミサイルで、中国の海南州にある基地から打ちあげられた。彼らはドラゴンフライ（トンボ）と呼んでいる。私は副大統領サンデッカーとNASAの長官との緊急会議からいま戻ったばかりなんだ。彼らは大統領の要請を受け、われわれに協力を求めている」

副大統領、ジェームズ・サンデッカー提督は長年にわたって国立海中海洋機関を率いてきたが、大統領府に仕えるよう推された際に、ピットとガンに指揮権を委ねたのだった。明敏でリーダーとして尊敬されていたサンデッカーは、同機関やそこの旧友

たちと親密な関係を保っていた。

「君が目星をつけている場所はどこだろう?」ピットは訊いた。

「あれはルソン海峡まで追跡されている。あんたたちの約一三〇キロ北。三時間足らず前に墜落。できるだけ早く現場へ行ってほしいのだが」

「なんでそのミサイルでこんな大騒ぎするんだね?」ジョルディーノが訊いた。

「速度のせいさ」ガンは答えた。「超音速ミサイルで、スクラムジェット技術を使っている。低空で飛行が途絶した時点で速度はマッハ25に近かった、と空軍は信じている。それはわれわれの防衛兵器庫にあるあらゆるミサイルの二倍の速さだし、考案中のいずれの機種にもまして一段と速い。われわれがあれを中国より早く見つけ復元することが、まさに重大視されている」

「すると国防総省はいささか苛立っているわけだ?」ジョルディーノが言った。

「いきりたっている、と言ったほうがふさわしいだろう。数年前に、ロシアがマッハ25のミサイルを保有していると称したが、まったくのこけおどしだった。今回の件は本物らしいし、国家防衛の状況が変化する」

「すると」ピットが言った。「誰かが海底の断片を浚わねばならぬわけだ?」

「そうです。それに、折あしく、海軍の適切な機材は最低一、二時間離れた地点にある。しかも、出動すれば中国側に紛れもなく知れる。あなたたちなら疑いをかけられることも少ないだろうし、そのうえ短時間で現場につける」

「この代物が海面にマッハ25で激突したなら」ジョルディーノが言った。「ペニー硬貨より大きな断片が残っているだろうか？」

「利用可能なテレメトリー（遠隔計測装置）と画像は、問題のミサイルは飛行中に爆発したことを示している。空軍の高官たちはスクラムジェット・モーターが無傷で残っている可能性は十分あると見なしている。希望的観測かもしれないが」ガンは言った。「しかし、以上の手掛かりでやるしかない」

「その速度でなら」ピットが発言した。「機体は二〇〇キロ近く飛散している可能性がある」

ガンは首をふった。「あれは低空を飛行していたんで、その恐れはない。ハイアラム・イェーガーと私は衛星と地上追跡データをわれわれのコンピューターに掛けた。そうしたら最有力探索格子が現れた。それはかなり細い帯状で幅は八〇〇メートル、長さは一万六六〇〇メートル。残骸の九五パーセント以上が、その範囲内にあるはずです、かりにわれわれの想定が正しければ」

「それにしても、われわれが対象にしている断片はかなり小粒だ」

「みんなの探索の尺度を変えることが必要になるでしょう。私はすでに位置関連図をステンセスに送りました。早急に腰をあげて、AUVを海中に下ろしてください」

「ところでどうなるんだね」ジョルディーノは訊いた。「もしも中国勢が現れたら？」

ガンは眼鏡を外した。「最後に確認したところでは、あの海域に中国の艦艇の姿はまったく無い。彼らは台湾での自国の戦艦同士の衝突事件に忙殺されているし、彼らのサルベージ設備ははるか南にある。あんたたちは一日ないし二日先行して、残骸を見つけて離脱できるはずだ。しかも公海上のはずだから、あんたたちは魚を釣っているふりをすればすむ」

「釣りね」ジョルディーノがぼやいた。「サメでも狙うか」

「分かった、ルディ」ピットは言った。「副大統領に伝えてくれ、われわれが着手したと」

「彼はあんたがきっと見つけると、NASAの長官とスコッチ一本賭けたのだから、彼が負けないようにたのむ。グッドラック」

「ありがとう」ピットはつぶやいた。衛星電話が切れ、ガンがスクリーンから消えると、彼はジョルディーノのほうを向いた。「干し草の中のムギワラ色の一本の針を探すほうがやさしそうだ」

「こっちは彼の言った通りAUVのセンサーにダイアルして、絞りこんだ探索レーンを設定するようにインストールさせる」彼は自信ありげにうなずいた。「まだあそこになにかあるなら、俺たちが見つけてやるとも」

ピットは古くからの友人が部屋を出ていくのを見て一人微笑んだ。けっして弱音を吐かない態度は、不愛想なジョルディーノの生まれついての持ち前だった。彼のいう通りかもしれない。俺たちはミサイルの残っている部分を選ぶことはできないが、探索法なら選べる。

ジョルディーノが船尾のそばにある水中技術部へ向かういっぽう、ピットは舷側デッキへ出ていった。サマーとダークが大きな木箱やビン詰めの飲料水を数ケース、膨張式ボートに積みこんでいた。

「計画変更だ」ピットは知らせた。「われわれは急遽、北へ向かって新しい調査をするよう命じられた」

ダークとサマーは顔を見合わせた。

「誰に命じられたの？」サマーが訊いた。

「ワシントン」ピットは言った。

「ルディが珍しく急きこんでいたようだけど」ダークは言った。

「アパリの人たちはどうするの？」サマーが訊いた。「この水と装置を、疫病の発生を防ぐために海岸へ運んで行かないとならないの」

ダークがピットを制して言った。「われわれは残して親父だけ出かけたら？　われわれはこの脱塩装置を岸へ運んで行って組み立てる。調査が終わったら、親父がわれわれを拾う」

「調査にどれくらいかかるか、はっきりしないんだ」

「それは問題なし」ダークが答えた。「そのせいで、われわれがあの飛行機を調べる時間ができる」

ピットは潜水用タンクが二本、すでにボートに積まれているのに気づいた。

サマーはうなずいた。「私たちはいずれにせよ、数日後にはモルディブ諸島にいるはずです。私たちは何事もなくマニラを飛びたてるから」

「よかろう、お前たちの勝ちだ。荷物をまとめて出かけるがいい」

サマーは父親をすばやくハグした。「私たちのことは心配しないで」

「あの飛行機について分かったことを知らせてくれ」

ダークとサマーはバッグに手早く身の回りの品を詰め、膨張式ボートへ引きかえした。ジョルディーノはボートをウインチで舷側越しに下ろすのを手伝い、ピットは手すりに立って子どもたちに手をふった。ボートが本船から完全に離れると、カレドニア号の二基のプロペラは水中に食いこみ、調査船は最高速度で北へ向かった。

「もう一つの問題」ジョルディーノがピットに声を掛けた。「われわれの招かざる客人たち」

「ああ。なにか疑いが生じる前に送り届けてしまうほうがいい。マーゴットは言っていた、彼女たちの母船のヘリパッドは空いていると。ベル・ヘリコプターで彼女たちを送ろう」

「俺はエンジンをあっためる」

三〇分後に、NUMAのヘリコプターはピットの操縦でカレドニア号を離れた。ジョルディーノは彼の隣に収まり、マーゴットとその仲間は後部の折りたたみ式椅子に押しこまれた。調査船を離れ北西へ向かっている途中で、ピットはヘッドホン越しにマーゴットに話しかけた。

「メルボルン号の位置を捉えましたので、二〇分後にはお届けできます。これまでたずねたことはないが、あなたはどんな鉱石を探しているんです?」

「ダイヤモンドです」彼女は答えた。

「海底から掘りだして、採算がとれるのですか?」

「技術が見合うようにしてくれています。もっと大きな問題は、世界中の従来の鉱山がほとんど掘りつくされてしまったことです。ディビアス社ですら南アフリカの鉱山の多くを閉山し、沖合へと移動しています」

「どうして分かるのです」ピットは訊いた。「調査を開始すべき海域のことですが？」

「環太平洋火山帯は基本的に調査開始ポイントです。ダイヤモンドは地球のマントルの深部で形成され、火山活動を介して地表に押しだされる。私たちが本当に探しているのは噴水頭です」

「それは垂直の溶岩チューブですか？」

「本質的には。キンバーライト・パイプ、専門的にはそう呼ばれているのですが、火山が噴火したさいにマントルが変化してできた火成岩です（いわゆるキンバレー岩）。そうしたパイプ全部がダイヤモンドを含んでいるわけではありませんし、あってもまばらに含有している可能性は強い。ですが、的を射たパイプはダイヤモンドの主鉱脈を形成している。それを海中で探すのは難しいし、接近するのはもっと困難です。通常、溶岩や地質学的な覆いに封じられているからです」

「なにか成果があったのですか？」

「有望な地点二カ所を見つけましたので、目下さらに調査を進める準備中です」

大きな黒い船が水平線上に現れたので、ピットは接近して行きながら速度を落とした。

「あれがメルボルン号です」マーゴットは知らせた。

それはがっしりとした作業船で、クレーン、ウインチ、それにケーブルを満載していた。広い船尾デッキには大きな倉庫が一つあって、両開きのドアは開いており、さまざまな水中装置が姿を見せていた。船の両舷からケーブルが一本ずつ深みに垂れさがっていて、船殻から伸びている一連のブームやブイを支えていた。

「格好のいい船だ」ジョルディーノは言った。「やる気を感じさせる」

「ほかに類のない船です」マーゴットは言った。「父は生涯の貯えをあの船につぎこんだ」

ピットは船に無線を入れて、右舷船首に突き出ているヘリパッドへの降着を要請した。

「詳しい身許を」長い間があってから応答があった。

「ベル505、NUMAの調査船カレドニア号を発進」ピットは告げた。「マーゴット・ソーントンと同僚二名を搬送中」

「乗客を降ろすための一時的な降着のみ了承。ヘリの残留は、目下の作業のために不可」

「了解」ピットはマーゴットをちらと見やった。「われわれは留まってお茶を頂くこともできないらしい」

旋回しながら船へ接近中、ピットは小ぶりの一隻の船が近くに停留していて、クルーボートの船体の色がミリタリー・グレイなことに気づいた。彼はベル・ヘリコプターを軽い向かい風に向かわせ、プラットホームに静かに降着させた。ジョルディーノは飛び降りて後部のドアを開けた。男の乗客二人は手をふって礼をし、弾むようにヘリパッドの階段へ向かった。マーゴットは乗務員室に居残ってシートベルトを外しながら、ヘッドセットはオンにしてピットに話しかけていた。

「あなたのして下さったことには、なんともお礼のしようがありません」彼女は手を伸ばしてピットと握手しながら、はじめて彼の目が濃いグリーン色であることに気づいた。彼女はピットに無性に心をひかれた。しかし、甘美な想いのほかに、なにかほかのものも感じていた。それは信頼感だった。彼女は相手の人柄をほとんど知らなかったが、命を託すにたる人だと感じていた。

彼はマーゴットにウインクした。「お礼代わりに、大きなダイヤモンドを見つけるといい」

彼女はヘリコプターから下りジョルディーノをハグすると、ヘリパッドの端へ寄った。彼女が見守る前で、ピットはベルを空中に上昇させた。彼は短くマーゴットに手をふり、船の脇をバンクしながら旋回し、速度をあげて南の水平線を目指した。

彼女が背後に人の気配を感じてふり向くと、見知らぬ男が昇降階段から近づきつつあった。頭の禿げあがったアジア人で黒い迷彩服を着ていた。マーゴットは一歩後ずさったものの、高みのヘリパッドに上るしか行き場はなかった。彼女はふり返りヘリコプターに合図をしようとしたが、遠くへ飛びさってしまっていた。

男は冷たい眼差しで平然と近づいてきた。マーゴットは彼が声を掛けてくるのを待ったが、男はなにも言わなかった。それどころか、彼女に拳を振りあげて頬を殴った。彼女がデッキに倒れかけると、男は彼女の腕をつかんで真っすぐ立たせ、ピストルを彼女の脇腹に押しこんだ。彼は下卑た笑いを浮かべた。

「さあ、私と一緒に来るのだ」

8

フィリピン陸軍のピックアップ・トラックは、サマーが運転手に向かって手をふっているのを目に留めて、軋みをあげながら止まった。アパリの通りを彷徨っている魅力的な身長一八〇センチの赤毛の女性に、毎日お目に掛かれるものではない。

「町で使用する緊急浄水装置を組み立てるために、手を貸していただけませんか?」

彼女は訊いた。「浜辺にあるんです。つい先ほど、船から下ろしたばかりで」

彼女はトラックの兵士三人を水際まで案内した。そこでは、ダークがすでに膨張式ボートを砂浜に引きあげ、装置を下ろしていた。サマーは携帯用発動機と浄水装置を運ぶよう兵士たちに指示し、ダークはホースのコイルと道具箱を持って後ろからついて行った。

「都市にわれわれが汲みあげられる公共の井戸はあるだろうか?」ダークは訊いた。

「町の中心部にあれば、そのほうがいいが」

「ええ。ちょうどワンブロック先に、井戸から水を引いている公共の蛇口がありま す」兵隊の一人が答えた。

ダークとサマーはトラックの荷台に浄水装置と一緒に乗りこみ、兵隊たちは石畳の広場めざしてトラックを走らせた。トラックは古い石造りの塀の隣に停まった。近所の小さな子どもたちが数人散らばっていて、塀から水漏れのする蛇口が突き出ており、その下の地面に水が飛び散っていた。

二〇分たらずで、ダークとサマーは携帯用逆浸透膜装置を組み立て、蛇口を水源にして始動させた。それが利用できるころには、プラスティックの水差しを持った女性たちが集まって列を作っていた。市長と名乗る男が驚きの表情を浮かべて現れた。

「この装置はどこから来たのだろう?」彼は訊いた。「私が州のその筋に要請したところ、援助には一週間はかかると言われた」

「NUMAの船カレドニア号の厚意です」サマーは微笑んだ。「私たちはたまたま、あの波が襲った時にこの地域に居合わせたのです」

汚染源は打ち寄せた海水ではなく、殺到する海水に運ばれてきた地元のがらくた、埋め立て地、それに動物たちの死骸だった。バクテリアに汚染された水は、とくに放置しておくと、地元の井戸に忍びこみさまざまな病気を伝染しかねない。そうした井戸を点検し、必要な場合は処理をほどこし終わるまで、ＮＵＭＡの濾過装置は安全な飲料水の供給源になってくれるはずだった。

「これぞ神の賜物だ」市長は携帯用装置の周りを歩いた。「みんな、ありがとう」

「発動機にガソリンを補給し作動させ続けると請け合っていただけますか、必要とされる限りずっと？」ダークは訊いた。

「ええ、私が面倒をみよう」彼は給水ホースの指揮をとり、並んでいる人たちを整理した。

サマーは装置から離れながら兄に微笑みかけた。「さしあたり、私たちにできる人助けは終わったようね」

「彼のせいで、われわれは仕事にあぶれてしまった」ダークは市長のほうを見て笑みを浮かべた。「ここで、ほかにやることはあまりない。あの飛行機に潜りに行くか？」

彼女は西の地平線にちらっと視線を向けた。「まだ日没まで一時間から二時間はあるわ。そうしましょう」

彼らは海辺に引きかえし、潜水用具を膨張式ボートに集めた。潮流のせいで飛行機の尾翼は隠されていたが、澄みわたった海中に入るとたちどころに機体は見つかった。ダークが先になって磯波の中に潜入し、逆さまになっている機体に沿って移動した。

彼は父親の潜行をほぼ再現し、機体の外部を一周すると、開け放たれているドアに近づいた。サマーを後ろに従えて機内に入ると、彼は空の貨物室を通り抜けて操縦室へ向かった。彼は水中懐中電灯を点け周りを照らした。操縦装置や金属製のシートフレームが、頭上にぶら下がっていた。潜水ライトを下に向けてみたが、操縦士たちの席の下にうっすらと沈泥が積もっているだけだった。

ダークは貨物室へ向きを変え、サマーの横を通りすぎた。彼女は貨物室を自分のライトで調べていた。彼女は煌めきを捉え、身体をすくめてダークをすり抜けて、自分の下で光っている物へ向かった。それはベルトのバックルで、その脇には一足の靴の底が並んでいた。分厚い革の取手が近くに転がっていた。パイロットたちの荷物の唯一の形見、と彼女は見当をつけた。

彼女が兄のほうを向くと、彼はライトを尾翼に向けて照らしていた。機内は空のようだった。逆さまになった座席が胴体の片側に連なっているだけで、ほかには薄い沈泥を除くと、見るべきものは何もなかった。だが、ダークがライトを前後にふりまわしているうちに、サマーがなにかに目を留めた。

サマーは先細りの尾翼部へ泳いでいき、ライトを上に向けた。逆さまの床に小さな木枠が固定されていた。枠木が何本か壊れてしまい、片側に大きな穴が開いていた。

サマーは底の沈泥を掻き乱さないようにそっと木枠に近づき、穴の中にライトを向けた。

うっすらと金属製の光がはね返ってきた。身体を近づけてもっとよく見ると、それは頑丈な搬送用のケースだった。彼女は枠木の間に手を伸ばしてそれをつかんだ。それは長年にわたって固定されたせいで木枠に密着していたが、少し揺さぶっただけで離れた。彼女はそのケースを静かに引っ張りだし、腕で抱きとめた。

水中なのに、ケースは重く感じられた。大型のアタッシュ・ケースほどのサイズで、そのアルミニウムの表面はひどく傷(いた)んでいた。ダークは近寄って細かく観察し、胴体のドアのほうを指さした。サマーはうなずき、兄が機体の外に出るのを待って、ケースを腕に抱えて後を追った。二人は岸辺を目指して泳ぎ、砂浜を上って膨張式ボートに向かい潜水用具を外した。

「君は機内に残っているたった一つの品物を見つけたようだ」ダークは話しかけた。

「この飛行機は総じて状態がとてもいい、父が言っていた通り」サマーはタオルを取りあげ髪を乾かしはじめた。「かなり稀(まれ)だわ、八十年経っているのだったかしら？」

「船の上で見た写真から判断して、親父の言う通りだと思う。確かにアブロ・ランカスターのようだ。最後の一機が製造されたのは一九四〇年代だ」

サマーは水着の上にT-シャツとショーツを重ねると、ケースを持ちあげた。「軽くはないわ」彼女はそれをボートの縁に載せ、タオルで湿気をぬぐった。そうして、ケースを揺すった。水が揺さぶられる音を予期したのだが、なんの音もしなかった。

「まだ防水みたい」

「そうだ、すでに開けられたのだろう」ダークは妹の隣にしゃがみこんだ。

彼女は腐食した掛け金を起こし蓋を開けようとしたが、まったく動かなかった。継ぎ目に指を当ててさらに力を入れ引っ張った。蓋は抵抗していたが、やがて二センチあまり開いた。彼女は握り直して蓋を開けきった。

中は紛れもなく水密状態だった。太陽の抽象的な図柄を配した赤いフェルト地が、中身を覆い隠していた。

「タグがあるわ」サマーは中蓋に取りつけられた、四角い革のラベルに触れた。そこには曲線状の文字がスタンプされていたが、どちらにも馴染みがなかった。

「まるで読み解けない」ダークは言った。「中身を見てみよう」

サマーは注意深く布地を脇に引き寄せると、小さな仕切りが八つ現れた。形の異なるどの枠にも、繻子に包まれたオレンジ大の物が収まっていた。彼女はその一つをつかみケースから取りだした。

「サイズの割に本当に重いわ」彼女は細かく包みを観察した。

「さあ、やれよ」ダークは声を掛けた。「開けるんだ」

サマーはミイラでも扱うように、物を包んでいるサテンを開いた。布地の最後の端を脇に除けると、華やかな彫刻をほどこされた黒い石が現れた。細部に至るまで細やかで、様式化されていた。

「私の想像していた物かしら？」

「俺にはホラ貝のように見えるが」

サマーはうなずき、彫刻を薄れゆく陽の光にかざした。黒い石は金属片とその明るい色に取り囲まれているせいで、異様な感じを発散していた。「変わった石だわ、それに」

彼女は残る七つの物をぜんぶほどいた。どれも同じ材質に彫られていた。一つは車輪、一つは花、もう一つは一対の魚が彫ってあった。二人は残りの確認に取りかかった。サマーは最後の一つを取り出そうとして、ケースの縁沿いに黄色い細長い一片が挟まっていることに気づいた。彼女は継ぎ目に爪を入れて色褪(いろあ)せた一枚の名刺を押しだした。

「これは中国語で印刷されているようよ」彼女はそれをダークに見えるように持ちあ

げた。

「少なくともそれなら、俺たちでも翻訳できる」彼は言った。

サマーは名刺を裏返しにした。「それには及ばないわ」彼女は名刺を兄にわたした。

そこには英語が書かれていた。

「ファン・ゾウシャン博士。中国国立故宮博物館チベット遺物部長」ダークは読みあげた。

「手掛かりとしてはどう?」彼女はすぐさま携帯電話を取りだした。台北(タイペイ)市の博物館の番号を探しだし電話を掛けた。彼女は数分後に首をふりながら電話を切った。

「電話を何度もたらい回しにされたわ。誰もこの名前を知らないらしいけど、みんな折り返ししかるべき者から電話させるって約束してくれたわ」

「連絡があるなら、おそらく明日のことだろう。汗を流して、夕食を取れる店が町にないか探そう」

そうする前に、サマーの電話が鳴った。彼女は数分話していた。その間に、ダークは潜水用具を整理し、夜に備えてボートをコンクリートのブロックに繋いだ。サマーは声をはずませて電話を切った。

「電話をくれたのは台北にある国立故宮博物館の、チェン博士という方なの。彼はあの消息を絶った飛行機についてとても詳しく、私たちが発見したことにショックを受けていたわ。彼が言うには、あの飛行機は台北から香港へ飛行中に行方不明になったそうで、台湾の南の海に没したと見なされていたのだって」

「いささか針路を誤ったようだ。ここで最期を迎えたのだから」ダークは言った。

「墜落時期について言っていたか?」

「一九六三年の三月。ファンを失ったのは大変な悲劇で、彼曰くチベット工芸品に関する定評のある権威だった」

「チベット?」

「そう」彼女は金属ケースを片方の手でなでた。「たぶん彼は、これらの品を博物館からチベットへ運んでいたんだわ」

「博物館の所蔵品だろう」

「チェン博士はなにが運ばれていたのか知らなかったけど、とても見たそうだった」

「そりゃ当然だろうな」

サマーはいたずらっぽく笑った。「このケースを彼のもとへ運んで行く、とわたし彼に言ったの」彼女は間を一つ置いた。「お父さんは二、三日もどってきそうにないし、それまでに私たちは、どの道、引き揚げることになっている。早めに台湾で行動を起こして、なにか建設的なことをやり遂げるのも悪くないのでは」

ダークは沈んでいる飛行機のほうを見つめ、うなずいて同意した。「せめてそれぐらい、故ファン博士のためにやらせてもらおう」

9

　ピットは船橋ウイングから、鮮やかなオレンジ色の自律型無人潜水機が、飛行中のロケットのように空中に浮かんでいるのを見つめていた。魚雷のような形をしたそのＡＵＶは、ぎらつくデッキライトを浴びて吊りあげられ、カレドニア号の舷側越しに海中へ下ろされた。リフト・ケーブルから離され、バッテリー駆動のＡＵＶは船から離れていった。ピットがその小さな航跡を夜空の下で見つめているうちに、潜水艇はたちまち海面下に姿を消してしまった。

　カレドニア号は予定より早く、ミサイル墜落地点に到着した。ジョルディーノは現場に着いた時にはすでに、一般のＡＵＶが発進準備を終えていた。いまや中国の兵器の残骸を探しあてるのは、その電子装置に委ねられていた。

　深水捜査用に設計されたＡＵＶは三〇〇メートル近く潜航してから、打ちこみずみのプログラムに従って海底捜査をはじめることになっていた。ソナー、航法装置、それにさまざまな水質センサーを積みこんだ潜水艇は、冷たく暗い水中やそこに住みついている生き物たちとは係わりなく、設定された捜査格子を順に調べていく。

ピットは茫漠(ぼうばく)たる海から水平線上の一隻の船の灯りに目を転じると、階段を下りて後部へ向かった。ハイテクの運用室に行くと、ジョルディーノともう一人の男が対(つい)のコンピュータースクリーンの前に坐っていて、スクリーンには長方形の捜索格子が映しだされていた。小さなオレンジ色の二つの三角形は二艘のＡＵＶを表わしていて、スクリーンを横切っていた。ジョルディーノのスクリーン上のＡＵＶのマーカーは緑色に彩られた格子に近づきつつあり、もう一人の男のスクリーン上の潜水艇はすでにある捜索線上を走行していた。

「アルティミス号は無事発進したようだが？」ピットは訊いた。

「潜水前だが、あらゆるデータが状態良好を示していた」ジョルディーノは答えた。「およそ一時間、アポロの後を航走することになる」彼は隣のスクリーン上のＡＵＶのマーカーを指さした。ジョルディーノは二艘のＡＵＶに、ギリシャの二人の神にちなんだ名前をつけていた。アルティミスは狩猟の女神で、アポロは航海者の守護神だった。

ピットは空いている椅子に坐り、スクリーンに見入った。新しく進水したＡＵＶは海底へ向かって潜行し、最初の捜索線上に位置取りをした。しかし、スクリーンに示されている映像は、単なる推測にすぎなかった。海面下三〇〇メートルを航走しているAUVは、母船と絶えず連絡を取っているわけではなかった。しかし、水中に下ろしたトランスポンダーは、散発的な位置報告信号を拾いあげていた。ジョルディーノは追跡用演算法を編みだしており、それにはAUVのプログラムされた速度や、潜水艇の水中での予期される進行を割り出すための推定される潮流の状態が含まれていた。

「走行時間はどれくらいなのだろう?」

「二〇時間は持つが、明日のランチタイムごろには呼び戻して、データの引き渡しとバッテリー交換をする」

「縦隊で作業をしているので、アルティミスとアポロは最初の一巡りで、ルディが作った捜索格子の大半をカバーできるだろう」

「八六パーセントだ、俺の計算では」ジョルディーノが言った。

ピットが壁に掛かっているクロノメーターの針をちらっと見ると、深夜に近づきつつあった。「それまでにやることは一つしかないようだ」彼は欠伸(あくび)をかみ殺しながら言った。「寝るとしよう」

10

くの字型の取手が軋みながらひねられ、鋼鉄製のドアが勢いよく開いた。朝の陽の光がロッカーにどっと射しこみ、囚われ者たち三人を照らしだした。マーゴット、セス、それにアーリエは引き綱を巻き取った大きな輪にしがみつくように横になっていた。マーゴットは不意の明るさに目を覆いたかったが、仲間たちと同じく両手を後ろ手に縛られていた。彼女にできるのはせいぜい目をすぼめて、戸口の身体つきのがっしりとした男を見つめることだけだった。

彼女はNUMAのヘリコプターを下りた直後に拘束され、調査助手たちと一緒に船のロッカーに放りこまれてから、一〇ないし一二時間は経っていると見当をつけた。そのために、彼女の胃は食べ物をせびって鳴りつづけ、同僚の一人は漏らしてしまっていた。

目が明るさに慣れるにつれて、彼女は戸口の男が何者であるかに気づいた。ヘリパッドで出迎えた、頭の禿げあがった男だった。ほかでもない、彼女がヘリパッドで途惑い、飛び去るNUMAのヘリコプターに手をふろうとすると、腕を振りまわしパンチを繰りだして彼女を殴り倒した当人だった。彼女の頬骨はまだ疼いていた。

「お前……起きろ」男は彼女を指さした。

マーゴットは膝をついて立ちあがった。男は残る囚われ人二人を睨みつけ、マーゴットの肘を鷲づかみにし、彼女をロッカーから引っぱりだした。彼のピストルがホルスターに収まっていることにマーゴットは気づいたが、それは取るに足りないことだった。やはり黒い迷彩服を着たもう一人の男が、自動ライフルを彼女の胸に向けて構えていた。

頭の禿げあがった男はドアを叩きつけて閉めて鍵を掛け、向きを変え前方に歩きだした。ライフル男は身振りで彼についていけとマーゴットに命じた。彼らは大きな船をゆっくり移動した。その間に彼女は五感を取りもどした。彼女はいくつかのことに気づいた。

まず、拘束者であるアジア人たちが着ている制服には、符号や徽章がまったくなかった。二人とも三〇代の半ば過ぎで、冷酷不敵で攻撃的な雰囲気を漂わせていた。彼らは中国の特殊工作隊員なのだろう、とマーゴットは推察した。とくに、頭が禿げあがった男は力ずくの残忍さを備えていた。彼の左耳の一部は欠けていた。刃物沙汰の傷跡だ。

つぎに、彼女はメルボルン号の異様な静けさに気づいた。海に出たその大型船は、いつも喧噪の坩堝だった。どこも作業員だらけで、ポンプやコンプレッサー、さらには発動機の音が絶えず背後でしていた。いま、船内は静まり返っていて、さながら海上のゴーストタウンだった。だが舷側の外に目を転じると、船は今も航行中だった。灰色のクルーボートが引き綱に繋がれて追走していた。そのことをNUMAのヘリコプターで着いたときは見落としていたが、彼女はフィリピンか台湾政府のボートだろうと見当をつけた。

三人は昇降階段を登って、豪奢な船橋へ入っていった。マーゴットは部屋の後部にある造りつけの机へ近づいていった。ふだんならその席で彼女の父親がいつも日ごとの運営にあたっていた。彼女は恐怖に胸を突かれた。血まみれの死体が、船橋のいちばん奥に転がっていたのだ。ただ、それは父親ではなく一等航海士だった。ほっとして、彼女は秘かに溜息をもらした。

メルボルン号の船橋には二人しか配備されていなかった。操舵手は小柄な男で、船長席に収まっているほうは長身だった。どちらもアジア人で、頭を短く刈りこんでいて、同じ黒い戦闘服姿だった。坐っている男が彼女の目を引いた。細身だが逞しい身体つきのゼン・イジョンは毒々しいオーラを発散していて、それに比べれば頭の禿げあがった例の特殊工作員など他愛ない存在に思えた。

彼はマーゴットのほうを向き、ブラックアイスのように煌めく目で彼女を見つめた。「君はヘリコプターで着いた一人だな？」彼は習い覚えた英語で訊いた。

彼女は小さくうなずき机に目を落とした。その眼差し。不気味すぎて、まともに見られなかった。

ゼンは頭の禿げた男を見つめた。「そうなんだな、ニン？」

特殊工作員はうなずいた。

「私の父親はどこなの？」

ゼンは上から下まで彼女を眺め、やおらうなずいた。「なるほど、血筋は争えないな。君の父親は下の甲板にいる。間もなく彼に会えるさ……君が協力的ならば」

彼は右舷船首はずれにある空(から)のヘリパッドを見つめた。「どこから君は来たんだね？」

マーゴットは相手が暴力を振るうタイプであることを感じ取り、質問に逆らうのはよすことにした。「私たちはバリントン海峡で調査をしていました。私たちのボートは大きな波のために転覆してしまった。私たちはヘリコプター搭載のＮＵＭＡの調査船に助けられたんです。彼らが私たちをここまで空送してくれたのです」

「ＮＵＭＡ船のことを話してくれ」

マーゴットは肩をすくめた。「カレドニア号のこと？　現代的海洋学調査船で、典型的なＲＯＶ、ＡＵＶ、それの潜水艇を積載しているようです」

「彼らはこの辺りの海域で何をしているんだ？」

「深海における酸性化を研究している、という話でした」

「なるほど」ゼンは両手を握って拳をじっくり眺めた。「それで、君ははっきり言って何を調べていたんだね？」

「私たちは地質学的な特性を調べていました。メルボルン号によるさらなる検査の対象になるような特性かどうか」

「ダイヤモンドを含んでいるような特性か？」

「そうです。ないしは、ダイヤモンドが存在する可能性を示唆する特性」

ゼンはうなずき、マーゴットは気づかないうちに溜めこんでいた息をほっとついた。

彼女が話したことは、乗組員たちが彼に答えた内容と一致しているはずだった。話題を変える潮時だ。

「この船の乗組員たちはどこにいるの?」彼女は訊いた。

「下に確保してある」ゼンは素っ気なく笑った。「彼らは傷めつけられてはいない。いずれ彼らの経験が必要になるだろうから。君の経験もまたしかり。君は地質学者なのか?」

「地球物理学者です」彼女は質問攻めに嫌気が差した。「なぜあなたは、ここにいるのかしら? なにが望みなの?」

ゼンは答えなかった。しかし、気づかないほどかすかに、頭の禿げあがった男にうなずいて見せた。ニンは分厚い手をマーゴットの上腕に回して締めあげた。

マーゴットは骨が二つに折れるのではないかと思ったが、歯を食いしばって悲鳴をかみ殺した。特殊工作員は手を緩め、彼女をドアのほうへ引きずった。「歩け!」

工作員は彼女を船橋から連れ出し、二層下の一般倉庫へ向かった。彼らは通路の外れのとある船室の前で立ちどまった。そこには、武装した特殊工作員が一人、折りたたみ式椅子に坐っていた。二人が近づいていくと彼はさっと立ちあがり、鍵を開けドアを開いた。彼らが敷居に達すると、ニンはドアの奥へマーゴットを突きとばした。同時に、両手を伸ばせないために、彼女は二段ベッドにぶつかり床に倒れこんだ。背後でドアが手荒に閉められた。

彼女はショックの色をあらわに膝を起こし、よろめきながら立ちあがった。手荒な扱いのせいではなかった。下のベッドに横たわっている男性の姿のためだった。その衣服は引き裂かれ、髪の毛には血がこびりついていた。顔は痣だらけで叩きつぶされていて、ほとんど見分けがつかなかった。だが実の娘には分かった。

アリステア・ソーントンは両方の脚を寝台の外にゆっくりふって立ちあがった。彼は大柄で、身体は長年の労働で鍛えあげられていた。それは厳つい顔と突き出た顎に表われていたが、鼻筋の通った鼻と射抜くような青い目によって補われていた。苦痛と怒りがその青い目で燃えさかっていたが、彼は強いて笑いを浮かべた。

「おまえ」彼は娘を左右の腕で抱きかかえた。「戻ってきたんだ」

彼は失意もあらわに言った。彼は娘の縛りあげられた両手に目を留めて、拘束を解いてやった。

マーゴットは手を伸ばして、父親の叩きのめされた顔に触れた。「あの人たちはなにをしたの？」彼女は涙ながらに訊いた。

「私自身のせいさ。私の船を占領した者たちに、あまり協力的でなかったから。手を焼かせたので、顎にライフルの銃床を食わされてしまった」

マーゴットは父親がたいそうタフなことを知っていた。彼は何年も鉱床を探して、オーストラリアの奥地やニューギニアのジャングルを渡り歩いてきた。また、路上の強盗から首狩り族に至るあらゆる者と闘ってきたし、独力で鉱山会社を設立して成功を収めていた。アリステア・ソーントンは簡単に無視できる男ではなかった。

「彼らは何者なの、それになにを要求しているの？」

「本当によく分からないのだ」ソーントンは首をふった。「彼らはフィリピンの環境・天然資源省を装って乗りこんできた。むろん彼らはフィリピン人ではない」

「中国の民兵かしら？」

「どうもそうらしい。われわれの探査能力にひどく関心があるらしい。はじめは、船を貸して欲しいだけで、誰も傷つけたりしないと言った」ソーントンは眼差しに忌々しさをあらわにして拳を握りしめた。「それなのに、彼らはマーフィーとホワイトを殺した。ホワイトをまるでずた袋のように、舷側越しに放り投げた」

マーフィーはメルボルン号の一等航海士で、ホワイトは機関長だった。恐怖が甦り、マーゴットの全身を包んだ。「彼らはダイヤモンドを求めているのかしら？」

「真っ先にそう思ったが、そうではなさそうだ。彼らはなにかを調べるためにこの船を乗っ取ったが、それがなにか私には分からん」彼は分厚い顎を手でなでこすった。

「彼らは現れるや、なにもかも台無しにしてくれた。われわれが船外で実験を行っている最中に、彼らは乗船してきて銃を突きつけた」

「どうなったの——」

ソーントンは唇に指を押しあてた。彼はさっと部屋を見回し、盗聴されている可能性を示唆した。

マーゴットの顔は青ざめた。「お父さんがここに居てくれたのでほっとしたわ。私たち北から来た一連の大波に襲われたの。最後のはとても大きかった」彼女は沈没した調査ボートからの脱出とアパリへ向かったことを話した。

「死傷者は?」

「無かったようよ。強烈な波だったけど、被害は限定されているみたい」

「それはよかった」

「彼らはこの船をどこへ移動させているの?」

ソーントンに答えるチャンスはなかった。なんの前触れもなしに船室のドアが手荒に開けられた。先ほどマーゴットを連行した警備員二人が戸口に立っていた。ニンはソーントンを指さした。「お前だ。船橋へ行け」

マーゴットは父親の頬に軽く口づけした。彼は娘の髪をなで、船室を出た。

船橋では、ゼンが奥の椅子に坐って、表紙にソーントン鉱業のロゴの入った技術的な運用マニュアルを読んでいた。特殊工作員は設備の図解の検討を終えて顔をあげ、船の持ち主を見つめた。「あんたがメルボルン号を設計し建造したのか?」

「私の仕様書に従って建造された」ソーントンは答えた。

「この船の性能はなんとも素晴らしい。調査船と掘削船の両面で。さらに、たぶんもっと多くの面で」

ソーントンはなにも言わぬまま、相手に対する軽蔑を辛うじて押し殺していた。

「あんたが下にいる間に、一部の乗組員がこの船の海中装置の説明をわれわれにしてくれた。しかし、誰も調査能力の運用法については教えられなかったらしい」

「それで君はレジナルド・ホワイトを殺したんだ。彼は一等航海士と測量主任技師として尽くしてくれた」その言葉はゆっくり怒りをこめてつぶやかれた。

「そうとも、それは、彼があんたの鉱業成果について話してくれなくなったからだ」ゼンは言った。「彼には気の毒に。あの件はさしあたりわれわれにはさし迫った関心事ではないのだが」

彼は立ちあがり、ソナー・ステーションと記されたコンソールへ向かった。

「この船はマルチビーム・ソナー装置を搭載している、そうだろう? われわれはそれを海底のあるものの調査に使いたい。あんたには水深と望ましい感度を割りだして

「で、私が協力しなかったら？」

ゼンは薄笑いを浮かべた。「その時は、あんたの娘さんがニンの手でおおいに痛めつけられることになる」彼は頭の禿げあがった特殊工作員のほうに顎をしゃくった。

ソーントンは歯嚙みした。

操舵手は双眼鏡で風防ガラスの外を見やって、隊長の話に水を差した。「サー、青い船体のアメリカの船が一隻、真正面にいます。われわれの調査海域で作業中のようです」

11

NUMAのオレンジ色のAUVは、息継ぎをするクジラさながらに海面に浮上した。電子スラスターは静まり返り、大型電子シリンダーは大きくなるいっぽうの三角波の中で上下に翻弄(ほんろう)されていた。海上に長く孤立することはなかった。カレドニア号の青緑色の船体がほどなく隣にゆっくり近づき、アル・ジョルディーノの厳しい監視下で働いている甲板員が、潜水艇を船上に吊りあげた。

潜水艇は木製の台座に載せられた。隣にはすこし前に回収された別のAUVアポロが収まっていた。乗組員の一人が気密室を開けてバッテリーを外すと、ジョルディーノが差しこみ式のハードドライブを抜きとった。彼はそれを隣の部屋へ持っていってコンピューター・ステーションに繋ぎ、その内容のダウンロードをはじめた。

ピットが少し遅れてその部屋に入っていくと、ジョルディーノがコンピューターに一連の指示を打ちこんでいた。

「どれくらいで両方のAUVを復帰できる？」ピットは訊いた。

ジョルディーノはちらっと腕時計を見た。「バッテリーの交換は間もなく終わるはずだが、深みに戻してやるのは、われわれが知りえたものを確認してからでいいだろう」

ピットは椅子を引き寄せて坐りこんだ。「記録を検討するのに数時間かかる、と君は言っていたのでは？」

「手動で検討する場合は。しかし、ハイアラム・イェーガーが素晴らしいソフトウエア・プログラムを編みだしてくれたので、退屈なしんどい作業は無用になった」ジョルディーノはスクリーンを軽く叩いた。「われわれが探し求めている物標関連のパラメーターをインプットすると、プログラムがデータをフィルターに掛け、重要な地点を提示してくれる」

「それは天然と人工の物体を識別できるのか？」

「九八パーセントの確度で。境界物質は再検討のバケツに入れられる」

「すごいじゃないか。はじめよう」

ジョルディーノがキーボードにタイプすると、肌理（きめ）の粗い金色の映像が現れた。それは二艘のAUVが収録した海底の最初の画像だった。スクリーンは数分高速で回転し、やがて黒っぽい影の多い映像で止まった。

「コンピューターは四十二の物標を確認した」ジョルディーノはスクリーン脇のデータ欄に目を走らせた。「最初のは除去してよさそうだ」

彼はスクリーンを拡大して、プログラムが赤い点線で囲まれた物標に焦点を当てた。それは拡大され、円筒形の黒い物体がスクリーンを埋めつくした。

ピットはその映像を観察しうなずいた。「よくある五五ガロンドラム缶だ。つぎは?」

ジョルディーノはつぎの物標を登場させた。それは一塊(ひとかたまり)になっている丸い三つの物体だった。

「どうやら、コンピューターが自信を持ちかねた石のようだ」ジョルディーノは言った。二人とも、拡大された映像に疑問を感じなかった。

彼らはさらに数個、ありきたりな物標に目を通していった。そのうちに、ピットがスクリーンを軽く叩いた。「さあ、こいつはいわくありげだ」

その物体は海底に長方形の影を投げかけていて、長さは一・二メートルほどありそうだった。拡大すると、片方の端は鋸歯(きょし)状で、反対側は直線だった。

「こいつがロケットのノーズコーンの一部である可能性は大いにありそうだ」ジョル

ディーノが言った。「吟味(ぎんみ)するほうに入れておく」

彼らは残りの物標を検討し、ジョルディーノはいかにも人工的な形態の物をマークしていった。捜索格子を追っていくにつれ、物体は大きさを増し間隔も狭まってきた。やがて、三角形の影を投げかけている大きな塊が現れた。その物標はＡＵＶの走査範囲の端ぎりぎりにあって、細部はぼやけていた。

「大当たりかも」ジョルディーノはさまざまなフィルターで映像を操作した。「それとも石の集まりか」

「それはない」ピットは言った。「なにやら本物めいている」

「こいつは〝ラスト・オブ・モヒカン〟だ」ジョルディーノが言った。「われわれ好みの物標が表示されるかやってみよう」

彼は新しい指示を打ちこみ、上下に伸びる長方形の探索範囲をスクリーンに表示した。そのうえで、関心を呼ぶ一連の物標に、位置を示すマーカーをつけ加えた。赤い小さな点で表わされたそうした地点は、探索格子のセンターラインのすぐ横をきっちり線状に並んでいた。

「ほら、これを見てくれ」ジョルディーノは顔を大きくほころばせた。「パンくずの道筋がくっきりと西から東へ伸びている」

「確かに何かの断片の跡のようだ」ピットは旧友の背中をピシャリと叩いた。「しかもここで、何週間も嗅ぎまわることになるのだろうと思っていたのだが」

「捜索係の連中はわれわれを、物の真上に導いてくれたらしい」

「潜行はわれわれの判断の正しさの裏づけを取るためのものになりそうだ」

ジョルディーノはうなずいた。「位置のデータをスティングレイ艇に転送しておく。そうすれば、確認できる」

一時間後に、二人は船尾デッキで黄色い潜水艇に乗りこんだ。ハッチを閉める前に、ピットは舷側越しに水平線上の一つの点を見つめた。黒い大きさ不明の船が彼らのほうへ航行しているようだった。コンテナ船らしいとは気づいたが、ピットは用心深くその船に視線を向けた。

カレドニア号の船尾から送りだされた潜水艇は、引力にひかれて海底へゆっくり下りていった。合成カーボンファイバー製のスティングレイ艇の定格潜水深度は三六〇〇メートル以上とされていた。ありがたいことにピットとジョルディーノは、西フィリピン海の深度三〇〇〇メートル以下で活動することになる。

潜水艇はジョルディーノがマークした一連の物標の西の端の頭上に下ろされた。スティングレイ艇の深度計が急勾配で起伏の激しい海底に近づきつつあることを示したので、ジョルディーノは浮力を調整した。ピットは電子スラスターを作動、艇を前進させた。彼は驚くほど強烈な横波を深みで感じたし、潜水艇の走行を阻まれた。

「コンピューターは、われわれが降下中にいくぶん流されたことを示している」ジョルディーノは潜水艇の慣性航法装置と物標座標を比較した。「最初の物標は針路０-２-３度から約二〇〇メートル逸れた場所にあるはずなんだ」

ピットはスティングレイ艇の方向を、最初の物標めざして指示された針路に切り替えた。潜水艇の明るい外部の照明が彼らの下にあるくすんだ岩塚を照らしだし、時おり深海魚が姿を見せた。スティングレイ艇が最初の物標に近づいていくと、照明が金属製の物体に反射した。ピットは針路を修整して近づき、薄い金属片の上でホバリングした。その鋸歯状の断片は、長さがせいぜい三〇センチで黒い筋が走っていた。海底から真っすぐ突き出ていて、ＡＵＶのソナーに探知されたことを裏づけていた。

ジョルディーノは視線を、物標からスクリーンに添付しておいたソナー画像へ転じた。「ソナー・ヒットと合致する」

「どんな代物か分からん」ピットが言った。「だが堆積物は付着していない」

「ひっ捕らえてみる価値がありそうだ」

ピットは潜水艇を静かにさらに近づけ、ジョルディーノは舳先近くに搭載された遠隔操作装置を作動させた。なれた手つきで彼は関節式アームを伸ばし、アルミニウムの爪で鋸歯状の金属をつかんだ。それを潜水艇のほうへ引き寄せ、ビューポートの前にかざしてよく観察すると、前方のスキッドに取りつけてある大きな網かごの中に落とした。

ピットは潜水艇を次の物標へ誘導し、彼らは急勾配の海嶺の斜面に引きちぎられた類似の金属片を見つけた。その断片の下側には擦(す)り切れたワイヤーが配線されていた。その近くに、ピットはさらに配線を見つけた。それはアルミニウムのブラケットに固定された緑色の回路ボードに繋がっていた。ジョルディーノがそうした残骸を拾いあげたところで、彼らはつぎの物標に向かった。

彼らは効率よく物標から物標へ移動し、それぞれの任務に専念した。彼らは予断を口にしなかったが、二人ともこうした部品は中国のロケットのものだと見抜いていた。彼らは物標の半分を調べあげ、ソナーの走査から漏れていた断片も収集した。やがて網かごがいっぱいになったし、スティングレイ艇のバッテリーが変調をきたしはじめた。水中送信機を使って、ピットはカレドニア号に無線を入れ、浮上体勢に入ったことを知らせた。ジョルディーノがバラストタンクの排水をし、彼らはゆっくり上昇しはじめた。

浮上した彼らは、大きな波と黄昏時の荒れ模様の空に迎えられた。一隻の船が前部ビューポートの外に認められたが、それはＮＵＭＡの船ではなかった。大きくて黒く、クレーンが林立しているメルボルン号は、わずか八〇〇メートル先に腰を据えていた。

「俺たち誰かのダイヤモンド鉱山に踏みこんだのではあるまいな？」

「おそらくそうだ。人目がないに越したことはない」

ピットは側面のスラスターを起動して、潜水艇を東へ向けた。カレドニア号は近くに現れると、ただちに潜水艇の横へ移動した。そして、潜水艇とメルボルン号の間に割りこんで、スティングレイ艇が海中から回収されているところがメルボルン号から見えないようにした。水を滴らせながら潜水艇がデッキに下ろされるのを待ちかねたように、ＮＵＭＡの乗組員三名が収集かごの中身を手早くセキュリティーラボへ運びはじめた。ステンセス船長が収納作業を監督していると、ピットとジョルディーノがハッチから出てきた。

ステンセスは緑色の回路ボードを身体の前に持っていた。「あんたたちは金的を射たようだ」

「さあどうだか」ピットは答えた。「ここになにかを作りあげるだけのパーツがそろっているか自信はないが」

「国防総省はどんな手がかりであれ、ぜひにも求めている」ステンセスは知らせた。

「彼らはすでにあんたが持ってきた物の写真をうるさく要求している」彼は研究室のほうを向いてうなずいた。「ある物はぜんぶ回収したんですか?」

「いや。調べたい物標がまだいくつか残っている」

「実は、大型の部品がいくつか」ジョルディーノが言った。

ピットは舷側のほうを向き、もう一隻の船を身ぶりで示した。その船は南のほうへ引きかえしていたので、いまはカレドニア号の船尾方向に見えた。「あれはマーゴットの船、メルボルン号だ」

「彼らは一時間ほど前ににじり寄ってきた」ステンセスは知らせた。「向こうから連絡はなかった。私は離れるように伝えた、海中作業中だからと。だが連中は応答さえしなかった。われわれから、ただ離れていっただけで。われわれがここにいる理由を嗅ぎつけたのだろうか?」

「そうは思えんが。マーゴットに電話を掛けて、彼らの計画を訊いてみる」

「まあ、それは重大な問題ではない」ステンセスがそう言う矢先に船が傾いた。

「重大な問題ってのは、なんだね?」ジョルディーノが訊いた。

「天候です。強烈な嵐が急速に発達しながら南東から接近しつつある。台風の可能性あり。それがおおよそ四八時間後に、われわれの横を通りそうなんだ」

「時間があるだろうか」ピットが訊いた。「われわれがもう一潜りするだけの?」

「レーダーは約二時間後に荒れ模様になることを示している。私は賛成しかねます」

ピットがジョルディーノにうなずくと、彼は向きを変えて側面の部屋の一つを目指して駆けだした。

「彼はどこへ行ったのです?」ステンセスが訊いた。

「あたらしいバッテリーを取りにさ、スティングレイ艇用に。手を拱(こまね)いているのは気が利かないじゃないか、いまのうちに任務を終えられるなら」

ステンセスはいっこうに驚いた様子もなくうなずいた。「あなたたちを夜中に荒波を衝いて回収する任務は気が重い」

ピットは微笑んだ。「照明を点けたままにしておくよ」

再度の潜水のために艇の準備が行われている間に、ピットはステンセスにしたがって船橋へ向かい、船に搭載の無線でメルボルン号に話しかけた。数度、呼び掛けたのちに、アジア訛りのきつい邪険な声が応答した。

「メルボルン」

「ピットという者ですが。マーゴット・ソーントンと話したいので、お願いします」

少し間があって、素っ気ない答えが返ってきた。「出られません」

「ではソーントン氏に繫いでいただきたいのですが」

また間が生じ、まったく同じ返事が続いた。

「手がすいたら電話をくれるよう、マーゴットにお伝えください」とピットは応じた。了解した旨の言葉がなかったので、彼は訊いてみた。「どういう目的で、ここにいるのです？」

「鉱脈調査」冷たい返事がきた。「あんたはここで何をしているのかね？」

「海底地勢の地図作成です」ピットは知らせた。「われわれは潜水艇で作業中です。どうか離れていてくださるように」

相手の船のトランシーバーのカチッという音が、唯一の反応だった。

「口数の多い野郎だ」ステンセスがぼやいた。

ピットは隣の船を見つめた。深まる黄昏の中で、いまや明るく照らしだされていた。一基のクレーンが右舷の舷側沿いに移動中で、なにかを舷側越しに送り出しているようだった。「あの船をよく見張ってくれ、船長、それに、マーゴットから返事があったら、しっかり彼女から情報を仕入れるように」

ジョルディーノがウイングドアから船橋に顔を覗かせた。「スティングレイ艇のバッテリー・パックの交換はすんだ。潜水準備よし」

ピットは彼の跡から船尾デッキへ戻り、彼はほどなく潜水艇に乗りこんだ。風が強まり白い波頭が散り、水しぶきが宙に舞った。潜水艇は波たちさわぐ海面を揺さぶられながら通り抜け、ゆっくり降下していった。

「メルボルン号はどうなっているんだね？」ジョルディーノは訊いた。

「分からん。マーゴットと彼女の父親と話をしようとしたのだが、二人はつかまらなかった」

ジョルディーノはピットが案じ顔なのを見てとった。「なにか妙なのか？」

「ああ。むこうの無線技士はとびきり横柄（おうへい）で非協力的だった。その紛れもない事実に加えて、彼らはまさしくこの地点に突然現れた」

「彼らがわれわれと同じものを追っているとあんたは思っているのか？」

「そんなふうに思える、あるいは、われわれの見つける物を確認するために待ちかまえているのか」

ジョルディーノはうなずいた。「カレドニア号と調整して、われわれがあの船からずっと離れた場所に浮上するようにしよう。われわれは闇に乗じて目撃されることとすらなく、船上に引き揚げてもらえるかもしれない」

「いい考えだ。なにかほかの物を回収した場合に」

疑問はつぎの物標に着いた時点で裏づけられた。それは押しつぶされた燃料タンクの断片であることが明らかになった。ジョルディーノはそれを砂地から引き抜き、網かごに収めた。ピットは周囲を見回し、残るいくつかの物標の位置を確認しながら潜水艇を前方へ誘導した。どれも機械の断片で、ジョルディーノはそれらを拾いあげた。彼は最後の断片を固定しながら、ソナーの記録を見つめた。

「残るは最終の組だ。物標が二ないし三つ、五〇メートルほど前方に固まっている」

ピットは潜水艇を上昇させ、スラスターを作動させた。周りの海山の険しい斜面はなだらかになったので、ピットは速度をあげて海底沿いに移動できた。海底は砂地に変わり、指示された地点に、海底から突き出ている一対の物体を彼らは見届けた。ピットはその物体のほうへ向かった。いずれも潜水艇の照明を受けて銀色に反射していた。その頭上で、潜水艇をホバリングさせた。

さらに詳しく観察し、彼らはそれが小さな部品の集合体ではなく単一の大きな塊で、低い窪地のせいでソナーが騙（だま）されていたことに気づいた。その金属製の機械にはポンプ、バルブ、それに長い吸気室を取り囲む燃料噴射装置が含まれていた。どれもみな、驚くほど無傷だった。

二人は無言のまま顔を見合わせ微笑んだ。

彼らは行方不明のミサイルのスクラムジェット・エンジンを見つけたのだった。

12

看破されるおそれを最小限に抑えるために、小さな膨張式ボートはＮＵＭＡの船に船尾から接近した。カレドニア号は強力な位置決定装置で、潮流に船首を向けて位置取りをしていた。

それはゼンの侵入工作にとっては、またとない場所だった。ボートを下りると、彼の配下の秘密ダイバー隊員たちは、まだ生じたばかりの潮流に向かって泳いでいくことになる。任務が完了したら、隊員たちは潮に乗って調査船を離れられる。

ゼンは闇のなかで、低い出力で横風と戦いながらボートを操縦した。彼はモーターの回転をアイドリングをほんの少し上回る程度に抑えて、唸る排気音を最小限に抑えようとした。

海がにわかに波立ってきたので、これはありがたいと彼は思った。波が高いほど小さなボートは船のレーダーでは紛れるし、乗組員が目で捕らえる度合いも減る。それに加えて、水中のダイバーたちのよい隠れ蓑となってくれる。荒波の鉾先に見舞われはするが。

メルボルン号の膨張式ボートの一艘に塗られたばかりのデッキ・ペイントの色に合わせた黒い服に身を包み、ゼンは目の前の二人に視線を向けた。やはり黒装束の二人は、軽量のウエットスーツと同じ色の浮力調整器を身につけていた。彼らは一本のエアタンクと大きな網袋を二つ携えていた。

カレドニア号まで数百メートルになったので、ゼンはモーターを切った。「用意はいいか？」彼は訊いた。波がボートの縁を叩いた。

ダイバーは二人ともうなずいた。一瞬後に、彼らは船縁から後転して海中に滑りこんだ。

ゼンが彼らの気泡を追っているうちに、二人は六メートルほど潜った。発光性のコンパスに導かれて、彼らは潜入してからの時間を確かめながらＮＵＭＡの船を目指した。潮目は深みでも強く、ダイバーたちはアシヒレを精いっぱい蹴って前進した。

彼らは暗い水中で、肩を並べて泳いだ。頭上でうねる銀色の波が、方向の感覚を与えてくれる唯一の手掛かりだった。一〇分後にダイバーたちは停まった。片方が防水懐中電灯を点灯した。九メートル足らず前方に、カレドニア号のプロペラの曲線状の形が水の濁りを衝いて光っていた。

灯りを消し、左右の腕を前方に突き出して前進を続けるうちに、ダイバーたちは青銅製のプロペラの羽根に触れた。カレドニア号の船体が、一瞬の休息を取っている彼らの上に黒い影を投げかけていた。船の固い側面に出るためにダイバーたちは上昇し、船尾肋材(ろくざい)沿いに左舷に回り、二、三メートル浮上して網袋を取りだした。

海面に近づいたせいで、波の力が一段と強烈になった。彼らは苦労して位置を確保した。一人はボール状のプラスティック爆弾を取りだし、その吸着装置で船体に取りつけた。その周りに、小ぶりの火薬をいくつか取りつけた。もう一人のダイバーは起爆装置とタイマーを取りだし、それらをワイヤーで火薬に繋いだ。ゴムを被せたボタンを押して装置を作動させると、ＬＥＤが点灯し二時間のカウントダウンが表示された。

ダイバーたちはカレドニア号の下へ潜った。コンパスの方向を当初の場所から一八〇度ずらして、彼らは船から離れた。潮に乗って泳ぐので今度は楽だった。数分後には、海面に浮上した。しばらく漂っているうちに、彼らは潮流の五〇メートルたらず先に黒っぽいゴムボートを見届けた。

ゼンはダイバーたちのほうへ航走し、砕けちる波間から二人をボートに引き揚げてやった。「セット完了か?」彼は二人の潜水用具を取りはずしながら訊いた。

「はい、左舷船尾に」ダイバーの片方が答えた。「損傷を与えるには十分ながら、船を沈めるには至らず。あなたの指示通りに」

ゼンはうなずいた。彼は艫に坐り船外モーターをスタートさせ、大きな弧を描いてボートをメルボルン号の風下へ向けた。高くなるいっぽうの波に翻弄されながら、NUMAの船の瞬く灯りに彼は目を転じた。彼らは間もなく立ちさることを余儀なくされるのだ。

だが彼の満足感は不完全燃焼だった。彼にはもう一つ、夜が明けるまでに片づけなければならない任務があった。

13

サマーは窓際の座席の肘掛けを握りしめた。ジェット旅客機が台湾の桃園国際空港への アプローチの途中で急に沈みこんだのだ。これで激しい揺れは少なくとも三度目で、彼女の胃の腑は喉元近くまで飛びあがってしまっていた。彼女はそれを強く飲みこみながら、飛行機がすばやく浮きあがり降着するよう祈った。隣に坐っていたダークは相変わらず車の雑誌に顔を埋めていて、エアバス330の衝撃や揺れなど意に介していない感じだった。

サマーは窓のほうを向き、雨粒が描きだす滴の筋の先にひろがる、黒い雲の壁を見やった。灰色の塊はほんの少し前に引き裂かれて、彼らの足許にコンクリートの滑走路が現れ、飛行機はずしりと降着した。

「どうやら俺たち、雨を持ちこんだようだ」ダークは水浸しの滑走路を見ながら言った。

雨は彼らがジープニーでアパリ市からフィリピンのトゥゲガラオ空港へ向かっている時に降りだし、マニラ行きのコミューター機に乗っているうちに激しくなった。沖合で発生したその足早の嵐のために、彼らのフィリピン出発は二時間遅れてしまった。サマーは腕時計で時間を確かめ、飛行機がゲートに向かっている間に携帯電話で文面を送った。ジェット機のドアが開く前に、彼女は返事を受けとった。

「チェン博士は今夜遅くまで仕事をしているので、まだこれからでも博物館で会えるそうよ。明日に予定を変更しないのなら」

「やってみよう」ダークはチベットのケースを頭上の棚から取りだした。「明日、天気がよくなりそうにもないし」

「私たちを中に入れるよう、守衛たちに言っといてくれるそうよ」彼女は知らせた。「閉館前に、私たちが着けなかった時のために」

二人はバッグを回収して税関を通り、タクシーに飛び乗って台北（タイペイ）へ向かった。首都台北は台湾の北端に近く、スムーズに走って三〇分ほどの距離だった。運転手はアクセルをしっかり踏みこんだまま交通渋滞を縫ってすり抜けた。はるかに高価な車が路上に蠢（うごめ）いているのに、交通ルールがマニラに劣らず無視されているのでサマーは驚いた。

彼らは淡水川（タンスイイーガ）を渡って市内西部に入り、そこから北へ向かい士林（シイーリン）区という華やかな郊外を目指した。運転手は緑濃い丘陵に食いこんだ壮麗な建物の前で車を停めた。国立故宮博物院は世界でもっとも古い美術館の一つで、中国の美術工芸品の傑作を収蔵している。北京紫禁城の古いコレクションが基礎になっているが、美術工芸品の大半は蒋介石が、共産党が中国本土を掌握（しょうあく）する前の一九四九年に台湾へ空輸したものだった。

ダークとサマーは立ちさるバス何台もの観光客たちの横を通りすぎて、中央の一連の踏み段を颯爽（さっそう）と上っていった。彼らは飾りをあしらったアーチを潜り抜け、長い開けた中庭を進んで、本館に通じる階段を上った。その威容を誇る建物は仏殿に似ていて、屋根は高くアーチ型で庇（ひさし）は優美に反り返っていた。わずかばかりの最後の観光客たちが、閉館時間が過ぎたのでいくつものドアから途切れ途切れに現れた。サマーはまだ係がいた入場券窓口の一つに近づき、側面の建物の一つを指示された。そこは上り斜面にある中庭沿いにあった。

「チベットの美術工芸品は側面の別館、東棟に収蔵されているわ」彼女は兄に知らせた。

二人がその建物の入口のほうへ歩いていくと、従業員が一日の勤めを終えて数珠（じゅず）つなぎになって退出していた。守衛がガラスドアの入口に近づいていった彼らを止めた。

「博物院は二〇分前に閉館です」彼は片手をあげながら言った。

「私たちチェン博士にお目に掛かる約束になっているんです」サマーは博士の名前と面談の委細を書き留めたメモを彼にわたした。

「ついて来てください」彼は言った。彼らは広々とした展示場に入っていった。観光客はおらず、すでに照明は落としてあった。守衛は二人の先に立って、大きな部屋をいくつか通りすぎた。どの部屋も絵画、タペストリー、さらには彫刻で満ちあふれていたし、大半の主題は仏陀だった。彼らは小ぶりな側面のホールに入っていった。楽器やマニ車（転経器）、それに青銅や石の加工物がガラスケースに収められ展示されていた。守衛は奥の壁際のドアに近づき二度ノックした。

チェン・ユアン博士はドアを引いて開け、ホールに出てきた。博物院の仏教とチベット美術部長は矍鑠（かくしゃく）とした年輩の男で、千鳥格子の上着にカーキ色のスラックスに身を包みランニングシューズを履いていた。彼は手をふって守衛を引き取らせ、背の高い客二人を見あげ微笑んだ。「ようこそ、当博物院へいらっしゃいました。無事お着きでなによりです」

「時間外にお会いくださりありがとうございます」サマーは握手しながら言った。

「遅くにお邪魔して申し訳ありません」

「いっこうに迷惑なものですか。今週は毎晩遅くまで仕事をしているんです。われわれは新しい展示の準備中なのです。どうぞ、私が案内しますので」

　博士は黒い石の道具やお守りが一杯の展示ケースの横を数歩通りすぎて、ガラス製の細いキャビネットへ向かった。その中には分厚い物差しに似た木片のコレクションが、十点あまり収まっていた。どれも異なる材質から彫りおこされていて大きさも別々で、両側面に独特の象徴や形象が記されていた。

「われわれは大量のザンパルを、つい最近ネパールとチベットから入手したばかりです」チェンは顔をほころばせた。「これらが当館で保存され展示されるのははじめてなんです」

「ザンパルとはどういう物なのですか？」

「型取り用の棒です。あそこのパン生地はオオムギとヤクのバターでできているのが一般的ですが、これを版木に押しこんで小さな彫像を創る。そうした彫像は特別の祭壇に安置されます、幸運を祈って」彼は黒っぽいクルミの木のザンパルを指さした。「つい今しがた照明を消したのでよく見えませんが、あれはラサにある大昭寺（ジョカン）で使われていたものです」

「とても美しいわ」サマーが言った。

チェンは二人が関心を示してくれた心遣いに微笑み首をふった。「失礼しました。さぞや旅でお疲れでしょう。どうぞ、私の部屋にお出でになってお坐りください」

彼らは博士の部屋へもどった。中は小さな木枠であふれかえっていた。「ほとんど博物院所蔵の見本です」彼は二人を小さなテーブルへ誘った。大きなマジックガラスを通して展示場が見えた。

博士は電気ケトルで水を沸かし、古い陶磁器の壺で緑茶を点てた。彼はていねいにめいめいの茶碗にお茶を注ぐと、ダークやサマーと一緒にテーブルに着いた。

「ところで、あなたたちは博物院に帰属するチベットの工芸品を、フィリピンで発見したそうですが?」博士はダークが運んできた腐食したアルミニウムのケースを見つめまいとした。

サマーは自分たちが人工物と一緒に見つけた名刺をチェンにわたし、ダークはケースをテーブルに載せ留め金をはずした。チェンは名刺を手に持ちうやうやしく読んだ。

「ファン・ゾウシャン博士は台湾で歴史的な所蔵品がはじめて展示された当時、チベット美術に関する有名な専門家でした。彼の論文や保存記録を読んだことがあります。彼は博物院所蔵のチベットの遺物を、あの地域に何度も旅して十倍ほどに増やしました。われわれの記録では、彼はインドへ向かう途中で行方不明になった。彼が乗っていた飛行機が悪天候のため台北と香港の間で消息を絶ってしまったのです」

「私たちは彼が乗っていた飛行機、アブロ・ランカスターを見つけたと信じています」ダークが言った。「機体はルソン島北岸の渚の中にあります」サマーは知らせた。「このケースは機内で見つけたんです」

「あの飛行機の状態は驚くほど良好です」サマーは知らせた。


ダークは蓋を開け、絹地の覆いを取りのぞいて、黒っぽい石の彫り物をあらわにした。チェンの目はとっさに煌めいた。彼はケースの中に手を伸ばして、その一つを取りだした。それには花の形が彫られていた。チェンはそれを細かく観察し、両手で持って重さを計ると、ケースの中に戻した。彼は彫り物をぜんぶ順に調べ、点検が終わるとケースにていねいに返した。

「なんとも素晴らしい」博士は言った。「しかも、私はどれも以前に見たことがある」

彼は背の高いファイルキャビネットに近づき、抽斗の一つを掻きまわした。一冊のファイルを取りだすと、その中身をテーブルの上に広げた。それらは小さな黒い彫り物全八点のモノクロ写真だった。

「この一連の品は、どういうものなのでしょう?」

「こうした彫り物はタシ・タゲー、あるいはチベット仏教の八つの縁起のよいシンボルを象ったものです。こうした贈り物は、仏陀がはじめて悟りを開き、幸運をもたらし庇護をあたえてくれると信じられた際に与えられたものです。それぞれに、独自の意味を持っています。例えばハスの花は、神聖さを表わしています。いずれも、チベット仏教ではかなり一般的な表象です」

「するとこれらの物は、さほど珍しくないのですね？」

「その反対です。この一連の彫像はきわめて珍しい。その材質においても——トクチャーというのですが。それに、由来においても」博士は写真と一緒に保管されていた、一枚のタイプされたメモ用紙を指さした。「これらの彫像はきわめて古いものです。チベットのラサにあるネチュン修道院に由来するものであることが知られています。どういう経緯があってか、こうした彫像は共産主義中国がチベットを制圧後ほどなく個人の所有に帰した。ファン博士のメモは、彼がこうした彫像の台湾特別展示会について話し合っていたことを伝えています。その当時に、この一連の写真が撮られたわけです、彫像が展示される以前に。その後、彫像は飛行機の墜落事故で、ファン博士と共に行方不明になってしまった。しかし、いまやあなたたちは、忘却の淵から彫像を救いだしてくださった」

「すると、彫像は故宮博物院のものではない？」

「そうです。ファンは返還中に亡くなってしまいましたが」

「このケースの中に、手掛かりがあるのでは」サマーは蓋の下側に押印された革のラベルを軽く叩いた。

「ええ、まさしく」チェンはラベルを読んだ。「彫像は明らかにインドのあるチベット寺院に、少なくとも一九六三年には帰属していた。このラベルは、インドのマクロード・ガンジに現存する、チベット博物館気付のある名前を伝えている」博士はダークとサマーを恨めしげな笑いを浮かべて見つめた。「ここで預かって展示したいのはやまやまですが、それらが帰属すべき正当な方が誰かおられるようなので」

　ダークはハスの彫り物を取りあげ、手の上で弾ませた。「どれもたいそう重い。土台になっている石の名前を仰いましたよね？」

「トクチャー」チェンは答えた。「ただし単なる石ではありません」彼は深く坐りなおして天井を見つめた。「さまざまな説がありますが、もっとも一般的な伝説では、初代のダライ・ラマが指名され昇任した一五七八年に流星群がチベットに降ったとされています。隕石の断片のいくつかは回収されて彫刻をほどこされ、代表的な寺院の祭壇の供え物に捧げられた。隕石の断片はトクチャー、あるいは天鉄と呼ばれています。ご覧の通り、信じられないほど密度が高い。この材質はきわめて細工しにくいが、チベット人たちはトクチャーを高温で熱し、それを雪の中で急激に冷やすことによって材質が破断し、職人が彫刻をほどこせるようになることを発見した。一部は武器や道具に彫りあげられたが、断片の大半は宗教的な工芸品にあてられた。いちばん有名なのはネチュン寺聖像の名で知られる大きな彫像です」博士は首をふった。「それもまた、行方不明ですが。あなたたちが発見した遺物と同様に、ラサのあの寺院の所蔵だったのです」

チェンは廊下のほうを指さした。「われわれは小ぶりなトクチャーの素晴らしいコレクションを所蔵していますし、それらも魔除け（まよ）や神聖な品々を創るのに使われています。所有しているのはほんの一握りの寺院だけだとされています」

「そうすると、こうした彫像は隕石からできているのですね？」サマーが訊いた。

チェンがうなずく傍らで、ダークはハスの彫り物を彼女にわたした。

「材質に触れてごらんなさい」チェンが言った。「きわめて珍しい」

サマーは一本の指で滑らかな遺物を、文明と地質学の両面での重要さに驚きながらなでた。手の中でその裏を返すと、金色の筋が一本過ぎっていた。「大気圏に突入した際の焼け焦げの跡ですか？」

チェンは肩をすくめた。「そうかも」

「いずれも大変重要な品物のように思われます」ダークは言った。「これらを正しい所有者に返すために、お力添えをお願いできますでしょうか？」

「むろんです。ですが、まず最近の姿をカラー写真に収めたい」

チェンはニコンD6カメラを戸棚から取りだした。白い布に彫り物をならべると、一点ごとに数回ずつ慎重に写真を撮った。撮影の終わり近くに、隣の部屋のガラスの割れる大きな音がした。

マジックミラー越しに、彼らは黒い服の男が博物館の展示ケースを荒らしているのを目撃した。

14

「ここで何をやっているんだ?」チェンは自分の部屋から飛びだしていって問い詰めた。

侵入者はチェンに無表情な顔を見せ、博士の机のほうに向きなおった。黒いジーンズに黒いシャツ姿の彼は、ある工芸品のケースの上に屈みこんだ。片手にはバックパック、もう一方の手には金属製の警棒が握られていた。ガラスの破片が彼の足許に散らばっていた。

それはトクチャー工芸品を収めているケースだった。泥棒は彫刻をほどこされた黒い物をいくつも取りだしバックパックに入れた。

チェンはやめろと声を掛けながら、男のほうへ近づいた。さらに近づいていくと、侵入者はバックパックを落として博士のほうを向いた。男は警棒を高く振りあげてそれを日本刀のように振りまわしながら博士に突進した。チェンは飛びのこうとしたが一歩遅れた。警棒は彼の上腕に打ちこまれ、陰にこもった音をたてて骨が折れた。

ダークとサマーが部屋から慌てて出ていくと、チェンが床に沈みこんだ。襲撃者は残りのトクチャーをバックパックに投げこみ、出口めざして猛然と走った。

「彼がだいじょうぶか、確かめてみてくれ」ダークはサマーにそう言いおいて、窃盗(せっとう)犯の後を追った。

ダークは展示ケースの迷路を縫って部屋を過ぎった。彼が最初の展示室に着くころには、盗賊は玄関に達し外へ出ていってしまった。

ダークは磨きあげられた大理石の床に靴を弾ませながら懸命に後を追った。入口のそばの、ネパール製の竜の彫像の台座近くに、人が一人うつ伏せになっていた。それは彼らをチェンの部屋まで案内してくれた守衛だった。ダークは立ちどまって男の様子を調べた。ひどい青痣が蟀谷(こめかみ)にできていたが、ほかに傷跡らしき個所は見当たらなかった。守衛は呻(うめ)いていたし、胸板が波うっていたので、彼が生きていることは明らかだった。ダークは彫像の台座から絹の掛布を引き寄せて枕(まくら)を作り、それを守衛の頭の下に押しこんだ。できる手当てをすませると、ダークは追跡を続けた。

ドアを飛びだした彼は、自分たちが着いたときと状況が一変したことに気づいた。観光客や博物院の職員は立ちさってしまい、雨に湿った敷地にはいまや人気(ひとけ)はなかった。夜の帳が落ち、ランドスケープ照明が豊かな黄色い光を投げかけていた。ダークは視線をちらっと右手の本館へ向けた。その堂々たる建物はスポットをあび、黒ずんだ山が背後に控えており、光り輝いているように見えた。

かなり前方に、ダークは盗賊を目撃した。彼は東展示区を博物院の長いエントリー・コートヤードから隔てている急な斜面を下りていた。彼が足場を失い顔から先に倒れこんだので、ダークはいくらか時間を稼げた。

ダークは手すりを跳び越え、急勾配の濡れた堤を横に滑ったり滑りくだったりしながら盗賊を追いかけた。丘の麓で、ダークは男の後を追って木立を抜け、刈り揃えた芝生に出た。芝生は中央の遊歩道と接していて、ともに博物院に通じていた。

盗賊は反対のほうへ曲がり、街路に面した入口に向かった。そこは芝山通り外れの環状路で、タクシーやバスの乗り降り場になっていた。盗賊は何度も肩越しにふり返って、追ってくるダークの足取りを確かめた。

平地なので、ダークは長いスライドを活かして、間合を狭めていった。彼は着実にペースを守った。定期的な水泳によって得た強力なスタミナのお蔭だった。前を行く男は引きしまった身体をしていたが脚は速くなく、差を詰められる一方だった。

芝生の向こう端で、盗賊は石造りの入口に飛びこみ通りのほうへ向かった。息を切らしながら、彼は敷地を出る年配の夫婦の脇を駆け抜け、煌びやかなアーチの下を通った。そこを境に、狭い広場は幅広い階段へと広がり、通りに下っていた。

ダークの胸そのものも焼けつくように苦しかったが、数メートル遅れでアーチの下をくぐった。警官か警備員はいないか辺りをさっと見回したが、帰り遅れたわずかな観光客しかいなかった。彼は気力を奮い立たせてスピードをあげた。先を行く相手はふらついている感じだった。

広場を疾走して、ダークはあと数歩まで盗人に迫ったが、相手は階段の上に達していた。襲撃者が階段を一度に二段ずつ飛び下りたので、ダークはそれに倣った。

前方に目を向けると、環状線はほぼがら空きだった。一台のタクシーが階段のつけ根でカップルを乗せていて、市営バスが一台そのすぐ後ろの停車場から出発しようとしていた。黒いセダンが一台、環状線の内側に停まっていた。そのライトが点灯した。ドライバーがエンジンを入れたのだ。

盗賊もそれを目撃し、最後の踏段に達するとセダンのほうへ向かった。二メートルほど上にいたダークは、その踏み段の高さが相手を捕まえる最後にして最大のチャンスだと思い当たった。跳ぶ曲線を思い描きながら、彼は踏み段から飛びだし盗人目がけて突進した。

ダークは手前に落ちそうになったので、両方の腕を伸ばして男のバックパックを落下しながらつかんだ。その動きに盗賊は引っ張られて立ちどまり両膝をつき、降下するダークをもろに受けた。男はひょいと立ちあがり、通りに踏みこもうとしたが、ダークにグイと後に引かれて立ちどまった。

ダークは依然としてバックパックをしっかりつかんで放そうとしなかった。振り切るのは無理と悟り、盗賊は警棒を振りまわした。一撃を予期していたので、ダークは手を離してパックを強く突き出した。そして後ろに退き、辛くも警棒が描く弧を避けた。

男は路上でアイドリングしているタクシーの前によろめき出たが、転びはしなかった。歩道のほうに目を転じると、ダークがまだ路上に倒れていたので、反転して待機している車めざして走った。

彼は走ってくるバスの真正面に飛びだした。

運転手が反応を起こす間もなく、市営バスは盗賊を平らに轢き倒した。運転手はバスを止めドアを開けて、犠牲者を調べに駆けだした。

盗賊の左右の脚がバスの下から突き出ていた。ダークは男の脚をつかんで引きずりだす運転手に手を貸したが、上半身は押しつぶされてしまっていて、まだ生きている望みはなかった。その男の髪は軍隊刈りで、上着の下のショルダーホルスターにはピストルが収まっていることにダークは気づいた。

バスの運転手は両方の腕を振りまわし、自分に落ち度のないことを訴えはじめた。タクシーの運転手と観光客が何人か周りに集まった。サマーはすでに警察に知らせてあった。警報が遠くで鳴り響いていた。

「これは彼の所持品ではない」ダークは宣言した。彼は手を伸ばしてバックパックを男の肩から外し、縁石のほうへ歩きだした。

通りの向こうで、エンジンが唸りを発した。黒いセダンが滑るように前進し、乗客がなんの騒ぎか目撃できるように図(はか)った。やがてその車は加速して前進、警察が到着する前に高速で立ちさった。

タクシードライバーはバスの運転手を落ち着かせると、ダークのほうに歩み寄った。

「いざこざは見ていた。あの男はあんたのバックパックを盗んだんだ?」

「そうじゃない。彼は博物院の遺物を持ち出したんだ」

タクシーの運転手は興味深げにパックを見た。「貴重品に違いない。宝石？　宝石の原石？　金製品？」

「いいや」ダークは首をふりさり気なく空を見あげた。「たんに、古いだけの石ころ」

15

ミサイル推進装置はスティングレイ艇の幅より長かった。ピットとジョルディーノはいちばんよい回収法を決めるために、いろいろな角度から検討した。最終的に、ピットは激しい潮流に逆らいながら斜面からエンジンに近づき、潜水艇を低い角度からエンジンに向かわせた。装置の真上に位置取りをすると、艇を海底へ向けて降下させて安定性を高めた。

ジョルディーノは作業に掛かった。機械アームを作動させ推進装置の上を移動させながら、つかみとる場所を探した。小さな溶接された鋼板が目に留まったので、その上で関節式爪を閉じた。

「指は閉ざしたぞ」彼はつぶやきアームを起こした。アームはしばし細かく震えていたが、やがてエンジン装置を海底の砂地から引き離した。沈泥の雲が湧き立ったが、ほどなく潮流にかき消された。

せられると思うんだ」

「持ちあげたぞ」ピットは知らせた。「ただ、運んでいく広さがあればいいのだが」

「バスケットに収めるには大きすぎるが、アームを縮めてそいつを前部スキッドに載せられると思うんだ」

ジョルディーノはマニピュレーターを収納器のほうへ誘導し、ロケットエンジンと収納器を潜水艇の舳先に触れる寸前まで移動した。今度は、アームを下ろしていって推進装置を前部のスキッド二枚に載せた。

彼は機械の爪でしっかり握ったまま推進装置を少し前方へ動かして、その場にしっかりと固定した。「あんたが上昇しながら旋回でもしない限り、場所に留まっているはずだ」

「フラップを下ろしたままにしておくよ」とピットは応じた。スラスター制御装置に手を伸ばしながら、彼はほのかな光を側面に感知した。潜水艇を海底から浮上させ、もっとよく確かめるために、潮目に逆らって艇の安定を図りつつ向きを変えた。

暗闇のはるか向こうで、十指にあまる小さな白い光が瞬いていた。いまや光はくっきりと、海面から垂れさがったクリスマスの灯の連なりのように、上下に並んで輝いていた。

「電気ネオンイカだろうか？」ジョルディーノが訊いた。

「むしろ、メルボルン号の長い腕じゃないか」ピットは耳の中に唸りを伴うかすかな痛みを感じた。彼はもっとはっきり見るために潜水艇を前進させた。

さほど前進しないうちに、彼らは陰にこもった響きわたる音に気づいたが、それが内部の震動なのかどうか二人とも決めかねた。潜水艇は潮目をまともに受けて突き上げられた。

「採鉱作業だろうか?」

「分からんが、潮流は強くなった」ピットは潜水艇が縦に揺れて揉まれるので出力をあげた。

やがて、甲高い唸りが、まるでオーバードライブのジェット・タービンのように、潜水艇内に響きわたった。二人とも鋭い差しこむ音を防ごうと耳に手を伸ばした。ピットは頭骨全体が鳴り響いているように感じた。強いて片手をヨークに下ろして、潜水艇の向きを逆にしようとした。つぎの瞬間、第二波が襲い掛かってきた。海底が目に見えぬ水の壁が、雪崩さながらに猛然とスティングレイ艇に激突した。潜水艇は方向を保っていたが、つぎの瞬間、舳が立ちあがりはじめた。ほんの一瞬、潜水艇が押し戻されたのだ。ピットはスラスターを駆使して対抗しいで潮目が変わり、舳が押しあげられたのだ。ピットはスラスターを駆使して対抗しようとしたが潮の圧力は強すぎた。舳先は錐もみをして立ちあがって艇は反転した。艇は止めどもなくスピンをくり返し回転を続けた。

「バラスト開放」ジョルディーノはメイン・バラストタンクの海水を空にする装置に手を伸ばして、潜水艇の浮上を計(はか)った。

だが、そうはいかなかった。海底でバウンドして海山にぶつかってしまった。衝撃のために男たちは座席の背もたれに投げつけられ、肺の空気を叩きだされた。外部の投光照明はふっつりと消え、周囲の海水は闇に包まれた。艇内もほぼ同様に暗くなったが、コンソールの警告灯がいくつも点滅していた。

彼ら二人に反応する暇(いとま)はほとんどなかった。潜水艇はハリケーンに襲われたタンブルウィードのように回転し続けた。その力は強烈で、海洋の深みでは引力が存在しないかのように、重量一〇トンの潜水艇が海山の斜面を舞いあがった。

二人とも両脚を辛うじて椅子の下に押しこみ、潜水艇が回転し続けている間坐り続けていた。しかし、周りには空間がなきに等(ひと)しいので、彼らは身辺の計器に叩きつけられ強打された。固定していないマニュアル、飲料水のボトル、それにラップトップが小型ミサイルさながらに舞いあがり、果てしない回転中彼らをくり返し襲った。

回転の速度は衰えだしたが、それは潜水艇の回転速度が増し、潜水艇が海底を水きり石のように弾みながら移動しはじめたからに過ぎなかった。ピットはスラスターを操作しようとしたが無駄だった。その力はあまりにも強力で、あまりにも執拗だった。混沌たる闇のなかで、ただひたすらに生きのびる足掻きのうちに、時間と距離は消え失せた。

やがて、疎ましき力は独りでに終息した。潜水艇は海底を打ち、ひしゃげたスキッドは海底の砂地に、これが最後と食いこんだ。しだいに、海は元の状態に戻っていった。冷たい深みは黒く静まり返り、海底にぴくりとも動かずに横たわっている痛めつけられた潜水艇を包みこんだ。

16

不意の揺れに、ステンセスは寝台から放り出されそうになった。カレドニア号の船長は首をふって短い休息から目覚めて上半身を起こし、嵐が予想より早く来たのだろうと考えた。外洋からの深いうねりのために反対側へ放りだされるのを予期したが、それには見舞われずにすんだ。別口の巨大な波？　船は依然として左右に揺られていたが、あの長く深い波ほど強烈ではなかった。

彼の机の上に懸かっているクロノメーターは午前二時一〇分を示していた。彼は冷たい水を顔にふりかけ、海軍士官兵学校の点呼でも通用しそうな白い制服をキビキビと手早く着ると船室を後にした。

彼は船橋へ向かった。風は強まっていたし、海は荒れていた。船はわりに安定している感じだった。二等航海士のブレークは、レーダースクリーンの上に覆いかぶさっていた。彼はステンセスが入っていくと顔をあげた。

「サー、いま電話しようとしていたんです」

「横波を受けたのか、ブレーク君？」

「そうなんです、ハイ。まったく突然に。船首を風上に向けていたのですが」彼は身振りで船首のほうを示した。「ですが、側面を突かれました。別の大波のようです」

ステンセスは頭上のモニターに表示されている自分たちの位置を見つめた。「どうやら発生源は、前回襲ったのとは違うようだ」

「地震活動」ブレークが言った。「少なくとも乗り組んでいる科学者の一人は、そう考えています。彼に言わせると私たちは地殻変動の盛んな環太平洋火山帯の真ん中にいるので、この辺りでは海底の地滑りが生じやすいそうです」

「それだよ」ステンセスは言った。「スティングレイ艇の状況は？」

ブレークは開いてある航海日誌にちらっと目を向けた。「彼らは海底で一二〇分経過しました。浮上するまで、まだ一時間ほどあるはずです」

「交信できるのか？」

ブレークは船内電話を取りあげて、潜水艇運航センターにダイヤルした。彼は短く話しかけ電話を切った。

「運航センターによれば、通信ラインに障害があるそうです。音響電話と水中音響(US)

測位装置（BL）、データ・トランスポンダーともに反応なし。担当者たちがリンクの回復に当たっています。最後の交信はおよそ二〇分前で、その時点ではどの装置も作動していた」

「なにか連絡がありしだい知らせてくれ」

「イエス、サー」

　ステンセスは艦橋ウイングへ向かい、左舷の窓から外を覗いた。「お隣さんは何をしているのだろう?」彼は大きな声で訊いた。メルボルン号の灯りが八〇〇メートルほど前方で瞬いていた。

「彼らは先ほどなにか装置を海中に配置していました」ブレークは双眼鏡を船長にわたした。「ケーブル関連の装置を舷側越しに下ろしているようです。しかし、ＲＯＶはまったく見あたりません」

　ステンセスは双眼鏡の焦点をそばにいる船にしぼった。「ブームやケーブルが舷側沿いに見えるが、いまはなにも配備されていないようだ。どんな代物かはともかく、送り出したものをきっと取りこんだのだ。妙な話だ、船尾からではなく舷側から配備したとは」

　彼が双眼鏡を下ろしていると、太いくぐもった轟きが海上に広がった。彼の足許のデッキが揺さぶられ、船尾が一瞬はっきり分かるほど立ちあがって沈みこんだ。

「いったいこれはなんだろう？」二等航海士は口走った。

ステンセスは鳴りわたる船橋電話に手を伸ばした。

「機関室の、リーズです」しわがれ声が叫んだ。

「よく聞こえるぞ、リーズ」

「すみません、船長。あの衝撃以後、耳鳴りがしているので」

「下はどうなっているんだ？」

「よく分かりません、船長。ある種の爆発。船尾付近、船外かも」

「損傷は？」

「後部隔壁で水が流入。ひどい状態です。可及的援護が必要です」

「何人かすぐ行かせる。みんな無事か？」

「アイ、サー。ですが、容易ならざる事態に立ちいたりそうです」

ステンセスは電話を切り、ブレークのほうに向きなおった。「非常事態警報を鳴らせ。被害処理班をただちに機関室へ送りこめ。それから君自身あそこへ下りていって、総合的な判断を知らせてくれ」

「イエス、サー。原因について、なにか思い当たることでも？」

ステンセスは首をふった。「おそらく外部だろう。三等航海士を起こして船尾を調べさせろ」

いくらも経たないうちに、ステンセスはカレドニア号がひどく破損していることを知った。破孔が一つ、左舷の喫水線の下に見つかったし、その近くの船殻板は歪んでいた。被害処理班は開口部に取りかかり、支援にあたった乗組員たちは緊急ポンプを配備した。

ステンセスは取るべきいくつかの案を検討した。機関室が水浸しなら、動力を失ってしまう。それは天候が正常でも危険極まりない状態だし、接近中の台風では命とりになりかねない。彼は首をふると、救助を要請する無線をメルボルン号に入れた。

信じられないことに、鉱業船は彼の頼みを断った。彼の最悪の恐れが裏づけられた。メルボルン号上の何者かが、俺たちを沈める気なのだ。

だが爆発はカレドニア号の沈没が狙いではなく、たんに船体の破壊を狙ったものに過ぎなかった。ゼンが予測していた通り、ＮＵＭＡのよく鍛錬された乗組員たちは浸水を遅らせることはできたが、完全に防ぐには損壊個所が多すぎた。ゆっくりと、しかしながら着実に、浸水は緊急ポンプを圧倒しつつあった。ほどなくブレークは、状況判断をステンセスに電話でした。

「大きな漏水箇所の流入は減りましたし、引き続き小さい浸水個所の補強にあたります。ですが、それだけでは十分ではなさそうです。緊急ポンプはぜんぶ稼働していますが、水位は依然として上昇中です」

「あとどれぐらいで、船の推進に障害が出そうだ？」

ブレークは間を置いた。「四時間。五時間後には。よくても」

「了解。機関長にできるだけ大きな出力を、せいぜい長く維持してもらってくれ。以上、船橋」

ステンセスは運航室へ向かい近辺の海図を取りだした。荒海を衝いて四時間航行すると、距離的には八〇ないし一〇〇キロ近くになる。彼はざっと周囲を見回した。安全な港は台湾南東沿岸の高雄市（カオシオン）にしかなかった。彼はコンピューターのスクリーンにマウスで線を引き距離を計算した。一三六キロ。

「台湾か沈没かだ」彼はつぶやいた。針路を操舵手に伝えていると、三等航海士が船橋に駆けこんできた。

「ブレーク君、二号テンダーボートに緊急糧食を積み、それに乗組員三名を配備し、出動の手配をしろ」ステンセスは命じた。「テンダーボートが着水しだいわれわれは移動する。君が指揮をとれ」

ステンセスは側面の昇降階段を下り、船尾に近い潜水艇運航センターへ駆けて行った。風はうなりをたててデッキを吹き抜け、軽い雨が彼の制服を叩いた。しゃがみこみながら、彼は部屋に入っていった。青い繋ぎ姿の女性二人と男が一人、大きなビデオスクリーンが収まっている壁面の前の仕事場に坐っていた。それぞれが持ち場でデータの分析に忙殺されていた。だが、壁面のどのモニターもブランクで、雪模様がちらついていた。

「どうだ、スティングレイ艇の状況は?」彼はみんなに訊いた。

彼にいちばん近い場所に坐っていた女性が首をふった。「残念ながら、船長、私たちはあの方たちとの連絡をすっかり絶たれてしまいました。交信は三〇分ほど前に障害をきたし、その後ずっと完全に途絶えたままです」

「推測なり追跡は?」

「それがないんです。搭載してある装置はすべて正常と報告されています。突然音響が乱れ、それが数分続いたのち、全機能が途絶えました」彼女は不安げにステンセスを見つめた。「とても稀なことです、サー。代理機能システムの音声とデータは総て、五分以内にすべて失われてしまいました」

「彼らの浮上予定時刻は?」

彼女はスクリーンに視線を走らせた。「五〇分後のようです。見張りをたてています、念のために」

ステンセスは渋い顔をした。そんなに長い時間手を拱いて待っていては、潜水艇が自力で戻ってくるチャンスを殺してしまいかねない。

「彼らにはわれわれの声が聞こえている可能性がある」と彼は言った。「カレドニア号は余儀なく現場を離れるが、支援船はこの場に残る、と彼らに連絡したまえ」

女性は青ざめた。「あの人たちを置いていくのですか、サー、この気候なのに？ ピットさんが海中にいるんですよ」

ステンセスはデッキを見下ろした。すべて承知のうえで下した決断だった。「この船の生存が危機に瀕している。選択の余地はなさそうだ。引き続き彼らと連絡を取るよう努めてくれ……そして私に知らせてくれ、なにか聞こえたら。なんでもいいから」

彼はデッキに下りていった。大型の有蓋テンダーボートが舷側の外に吊るされた。

彼はボート上の三人に話しかけた。

「スティングレイ艇の現状は分かっていない。一時間後に浮上する予定になっているが、もっと早く上がってくる可能性もある。できる限りこの場に留まってくれ。気象のせいでやむをえない時は南のほうへ、フィリピン諸島のどれか一つの風下に避難するがいい。あいにく、もっとひどいのに遭ってきていますし、天候は悪くなりそうだ」

「われわれは、もっとひどいのに遭ってきています、サー」角刈り頭の屈強な乗組員が答えた。「備蓄品や医療器具はたっぷり備えていますし、この船は海が投げつけるどんな状況にも対応できます。われわれは待機しぬいてみせます、必要な限り。本船をお大事に、船長。われわれのことはご心配なく」

「ありがとう。可能になったら、君たちを迎えに船を寄こす」

海中に下ろされるボートに、ステンセスは手をふり船橋へ向かった。カレドニア号は彼の足許で揺れており、船尾のほうに紛れもなく傾いていた。彼は船橋に飛びこむと、二等航海士のほうを見て、人生でもっとも厳しい命令をした。「全速前進、ブレーク君。ただちに、高雄(カオシオン)へ向かえ」

命令が操舵手に伝えられる間に、ステンセスは側面の窓に近づき、苦悩を胸に海原を見つめた。彼は天を仰いで、暗い荒れ狂った海の下にピットとジョルディーノが生きながらえていることを祈った。

17

長いローブ姿の身体のよく引き締まった細身の男が、ダライ・ラマの居住区から出てきてドアを静かにしめた。廊下を歩いていって、いくつかドアを通りすぎて大きな部屋に入った。居住区のほかの部分と同様に趣味のよいこしらえで、寄せ木張りの床に杉の羽目板、それに見晴らし窓の北側には雪を頂くインド・ヒマラヤ山脈が映しだされていた。現代風の家具に長い歳月を経た絨毯や壁掛けが調和していて、一四〇〇年におよぶ伝統のある宗教の支配者でありながら、ダライ・ラマが前向きの思考の持ち主であることを反映していた。

赤いローブをまとった一人の男が、トライバル・カーペットの上に坐っていた。脚を組み目を閉じて瞑想していた。六十を少し過ぎているが、ケンツェ・リンポチェ（化身ラマ）は分厚い眼鏡の奥にまだ童顔が潜んでいた。長老ラマであるリンポチェは仏陀が甦った活仏と見なされており、チベット宗教で大変尊重されていた。訪問者が着いたので、彼は目を開いた。来客は彼自身とほぼ同じ年配で、彼は不安げに顔をあげた。

「ダライ・ラマ法王の状態はどうです？」

「よくありません」細身の男が長椅子に坐ると、リンポチェは立ちあがって隣の椅子へ場所を移した。「あの方の気力は山脈なみに天を衝かんばかりですが、身体が風にあおられるケシのように震えています。さまざまな不快な症状に加えて高熱を発しておられるので、近いうちに倒れはすまいかと案じています」

「われわれはそうした事態に備えておかなくてはならない」リンポチェは言った。

「そういう瞬間を、私は長年恐れてきました」

「クテン、その後の準備はしていないのか？」

クテンは男の名前ではなく、霊界への霊媒としての彼の名称だった。彼の正式な呼称はチベットのステート・オラクル（チベット政府の神託官）だった。しかし彼はむしろネチュン・クテンとしてよく知られていた。その地位はラサにある同じ名前の寺院に由来する。瞑想状態に入ると、クテンはダライ・ラマや追放されたチベット政府双方の聖なる保護者ペハルと交信して予言と助言を得ることができた。

クテンは侘(わ)びしげな眼差しで、ひどく心もとなさそうに首をふった。「万一、ダライ・ラマが転生なさったなら、どういう事態が生じるか私には分かっています。ですが私は己の任務を十分に果たすことはできないでしょう、ペハルに相談しないことには」

リンポチェは左右の眉を吊りあげてクテンを見つめた。「私は解しかねる。あなたは神託官だ。あなたはペハルと交信できるし、多くの折にそうしてきた。かりにダライ・ラマが身罷(みまか)った場合でも、あなたはペハルに知恵を求め、つぎの化身ラマを定められる」

クテンは首をふった。「確かに私はペハルのために霊媒を務められます。ですが、転生には彼が実在することが必要です。私を介して存在するだけではなく。あらゆるダライ・ラマに至る道筋を照らしだしてくれるのは、ネチュン聖像です。ペハルがもたらす物的ならびに霊魂両面の救済を受け、われわれが転生へ旅立つには、ネチュン聖像が欠かせません。常にそうだったのです」

「しかし、選択は偶然任せにするわけにはいかない」リンポチェは言った。「われわれは中国の企みを知っている。彼らはつぎのダライ・ラマを慎重に自分たちの範疇(はんちゅう)から選びだし、厳しい支配下に置く気でいる。ペハルにわれわれを真の後継者へと導いてもらわねばならない」彼は立ちあがり部屋をうろついた。「ネチュンの聖像はどこにあるのだろう?」

「ダライ・ラマがチベットから脱出した一九五九年に行方不明になりました」

「探そうとしたのだろうか？」

「警護担当のノルサンに、捜索をはじめるよう数週間前に頼みました」

「テンジン・ノルサン、ダライ・ラマの警護隊の？」

クテンはうなずいた。「そうです。彼はダライ・ラマのチベット脱出に加わった古い戦士たちの多くと繋がりを持っている。彼の父親はチュシ・ガンドゥクの一員です」それは中国侵入後に、チベット人が抵抗勢力として結成したゲリラ組織だった。

「そうとも。彼が突きとめた内容を確認しようじゃないか？」リンポチェは卓上電話へ近づきダイヤルをした。彼は手短に話し電話を切った。「彼はここにいるので、直ぐに上がってくる」

二分も経たぬうちに、若い一人の男が戸口に現れた。

「入りたまえ、ノルサン、そして坐るがいい」リンポチェは男の背後のドアを閉めた。

チベット人にしては筋肉質で背の高い警護隊員は、クテンの向かいに腰を下ろした。彼の物腰は聖霊さながらに優美で、寛ぎのなかにも自信が横溢していた。身なりは西洋風だった。カーキ色のパンツにボタンダウンのシャツ。ソックスは色物で、靴は部屋の外に脱いであった。

「さっそく応じてくれてありがとう」リンポチェは言った。

「修道院に仕える身ですから」

ダライ・ラマの周囲を護り固めている者の多くと同様に、ノルサンは霊的指導者に仕える二代目だった。彼の亡き父もダライ・ラマがラサにいた頃にラマの警護隊に勤めていた。ダライ・ラマに協力した大半の者とは異なり、ノルサンは大学教育を受けていたし、短期間だがインド陸軍で兵役に就いたこともあった。

気づまりな沈黙が部屋にみなぎった。

「われわれは君が行っているネチュンの聖像の捜索状況を知りたいのだが」リンポチェは、答えを怖れてクテンが質問しかねているのを読み取って切りだした。

「過去の出来事を再構築するのは容易ではありません」ノルサンは言った。「私は一九五〇年代にラサに住んでいた数家族やネチュン寺で修業していた息子たちと話をしましたし、その後にもあの寺を訪れました。その上、私は過去の情報を求めて地方の博物館を訪ねました。残念ながら」と彼は話を続けた。「あの時代を生きのびた方たちはあまりにも少なすぎた。中国が増強部隊を一九五九年の三月にラサへ進駐させ、法王の離脱が早められたわけですが、情勢は極度の混乱をきたした。ご存じのように、多くの血が流され、チベット人の生命はひどい抑圧状態に陥った」

「それは今日に至るも変わりない」リンポチェが言った。

「いくつもの修道院があの時期に破壊された。大勢の修道僧が消息を絶った」ノルサンがつけ加えた。「しかし、ネチュン寺の数人のラマはダライ・ラマと一緒に脱出した」

「ええ、以前の神託官とラマ三人は無事に。彼らはここにこの修道院を建立するのに協力した」クテンが言った。

ノルサンはうなずいた。「不幸にして、その方たちはみんな、もう亡くなられた。私は彼らを知っている人や、彼らの家族と話したことがあります。たいそう勇気のある人たちでした、どの方もみな」

「それで、ネチュンの聖像はどうなったのだろう？」

「ラサからの脱出は慌ただしいものだった」ノルサンは話した。「神託官とネチュン寺のラマたちは脱出する際に、ダライ・ラマと一緒にポタラ宮にいました。ネチュン寺へもどって、なに一つ防護する暇はなかった」

「それで、中国軍は侵入し」クテンが言った。「修道院のあらゆるものを破壊した？」

「そうです。ですが、破壊の大半はその後、一九六〇年代の毛沢東の文化革命の間に行われた。とはいえ、ネチュンの聖像が一九五九年三月の一連の事件の後も、修道院に残っていた証拠を私は見つけることはできませんでした。遺憾ながら、あの像の所在の手掛かりはありません。中国軍によって破壊されたか、北京に持ちさられた可能性だってあります」

「または、闇市で個人収集家に売りはらわれた」クテンが言った。

「その可能性もあります」

「ひょっとして、秘蔵されているのでは？」クテンが訊いた。

「たぶんに」とノルサンは応じた。「ある年配のラマが、ほかのラマたちがダライ・ラマと一緒に脱出した時に、修道院に残ったことが知られています。その人の名前はトゥプテン・グンツェン。残念ながら、彼は歴史的な記録からも消え失せてしまっているようで、一連の事件に巻きこまれて命を落としたものと見なされています」

「それでは望みがないわけだ」クテンは絨毯を見つめた。その眼差しは生気を失っていた。

ノルサンはクテンを見つめ、息を一つ大きく吸いこんだ。「現時点では、望みに託すしかないようです。ですが、私は追跡すべき手がかりをもう一つつかんでいます。われわれ警護隊の一員の大叔父がこの近くの丘陵地帯に住んでいて、トゥプテン・グンツェンと話をしたことがあると言われています。お許しいただけるなら、彼と話してみたいのですが」

「はたして、やってみるだけの価値があるだろうか？」リンポチェが訊いた。

クテンはレーザー光線のような鋭い視線をノルサンに向け、かすかにうなずいた。

「ご老体に会ってみます。おそらく、なにかを知っているでしょう」ノルサンは楽観的な響きを与えようとした。「彼はチュシ・ガンドゥク・ゲリラの一員で、ＣＩＡで訓練を受けました。名前はラマプラ・チョドゥン」

＊　＊　＊

谷合の斜面にあるその小屋は、ダライ・ラマの住まいが収まっているツォクラカン・コンプレックスとは急峻な渓谷を隔てて向かい合っており、不法居住者には不向きな感じだった。そのドロ煉瓦の塀は崩れ落ちているし、くたびれた屋根はまた雨が降ったらあっさり崩れ落ちてしまいそうだった。片隅には大昔の火事の名残の焦げた煉瓦が残っていた。敷地の周りには錆びついた樽がいくつか転がりがらくたが散らかっているせいで、うらびれた感じを募らせていた。ただし、観察力の鋭い人は、古びた煙突の側面から数本アンテナが伸びていて、煤に似せてくすんだ黒い色に塗られていることに気づいただろう。

ダライ・ラマの住まいの真正面にあるので、その小屋はそこに配置された中国の諜報員二名にとってはまたとない盗聴基地だった。

会議室でのクテンとの会議が終わると、中国人盗聴者の一人はラップトップ・コンピューターのキーを叩いた。内密の話し合いは館の敷地に隠されている送信機によって傍受されて谷越しに送信され、デジタル化されて録音され、人民解放軍の衛星へ暗号パケットによって送りだされた。

「なにか役にたちそうか?」もう一人の諜報部員が、イヤホンをはずしながら訊いた。

最初の諜報部員は望みありげにうなずいた。「ちょいとばかり。本当に、俺たちこの嫌な臭いのする掘っ立て小屋から、冬前に転がり出られるかもしれないぞ」

18

「潜水艇の姿はないのか？」

ゼンは巻煙草に火を点けながら訊いた。彼はメルボルン号の運行管理室の真ん中に立っていた。いまやその部屋は、現代の戦艦の戦闘情報センターに似た様相をおびていた。照明の薄暗いその部屋は十指にあまるコンピューターセンターに埋めつくされていて、それぞれに大きな映像ボードが備わっていた。そうしたコンソールは、隔壁に取りつけられたすこぶる大きなビデオスクリーンに弧を描いて面していた。

スクリーンには六本のビデオが流されていて、濁った海底が映しだされていた。片側の縦のバンドにはさらに三本のデータが提示されていた。海面三六〇度のレーダー・ディスプレイ。海底ソナー・フィード。それに、船の下の海底の立体的アニメーション。しかも、アニメーションはメルボルン号が繰りだしている装置を示してもいた。さまざまなケーブルが照らし出されていた。それぞれの先端には小さなセンサーが付いていて、船ばかりでなく小型のＲＯＶからも垂れ下がっていた。

ゼン配下のコマンド隊員の一人が持ち場から顔をあげた。「なにも見つかりませんでした、ＲＯＶのソナー装置からは」

「視程はいくらだ？」

「約一〇〇メートルです」

「で、われらがご主人様のご意見は？」ゼンはアリステア・ソーントンのほうを向いた。

鉱山王はそばの椅子に坐っていた。両方の手首を後ろ手に縛られて。彼の隣には、白衣姿の一人のアジア人が同じく手首を縛られた状態で、意識を失ってうつ伏せになっていた。ソーントンは起きていたが、彼の髪の毛やシャツに血がこびりついていた。彼の顔は腫れあがり、片方の瞼は黒くむくんでいて、視界が半分閉ざされていた。身体を傷めつけられたのに、彼は昂然とゼンを見あげた。

「ミスター・ソーントン」ゼンは話しかけた。「あなたにもう少し口をきいてもらうためには、ニンに助力を頼む必要がありますかな？」

頭の禿げあがった隊員は血痕のついた棍棒を握って近くに立っていて、踵に体重を載せて身体を揺すっていた。

ソーントンは強いて笑みを浮かべた。「あの潜水艇は大海原の海底をいとも速やかに航行するんだ、愚か者めが。なんだと思っているんだ？」

「あんたのダイヤモンド探鉱装置は」ゼンはしたり顔で言った。「どうやらたいそうな力を備えているらしい」

別の隊員が部屋に入ってきてゼンに近づいた。「あなたに電話です、サー、衛星電話に。ヤン大佐から」

ゼンはうなずき、部下の一人のほうを向いた。「音響ケーブルを回収しろ。ただし、ＲＯＶには海底の走査を続けさせる。この周辺になにか残骸があるか否か判断するのだ」

ゼンは船橋へ向かった。電話に出る前に、彼は風防ガラスの外に視線を走らせた。北西方向でカレドニア号が遠のきつつあって、灯りが先細っていた。右舷の手前寄りでは小型のテンダーボートが一艘、荒れはじめた波に浮き沈みしていた。ゼンは顔をしかめ、操舵係の隊員のほうを向いた。「ＮＵＭＡの船が水平線を越えたら私に知らせろ」

彼は船橋後部の片隅にあるテーブルへ向かった。そこには軍事衛星電話が載っていて、外部のアンテナと繋がっていた。「ゼンですが」彼は言った。

「私に報告したい最新の状況があるのだろう?」ヤンの声は大きく明瞭だったが、暗号化された衛星回路のために少し時間的ずれが生じていた。

「はい、大佐。もっと早く報告せず申し訳ありません。われわれはアメリカの例の調査船に損害を与えました。現在、この海域から離脱中です。彼らは一艘の小型ボートを、海底に送りこんだ潜水艇のために待機させています。しかしながら、われわれは潜水艇に対処しましたし、間もなくボートを処分します」

「国際的な事件を起こすなよ、甥御」

「ノー、サー。心配などご無用です。強烈な嵐が接近中で、それが完璧な目くらましになっています。かりに疑いが残ったとしても、それはこのオーストラリアの船に帰せられることでしょう」

「君はその船へ乗りこむのを急いだ。そのせいで新しい問題が一つ生じてしまった」

「彼らは想定される残骸の領域の近くで活動していました。われわれは彼らがすでに何かを回収したのではと恐れたのですが、いまになってみれば、そんな根拠はなさそうです。個人所有の船ですから、行動を起こすほうが賢明だと思ったのです。この船をわれわれの領海内まで移動させて、人知れず沈没させることも可能です。この海域での作業が完了と結論が出た時点で。実は、われわれは非常に価値のある物と出くわしました」

「アメリカ人たちはどうだ？　彼らはなにか見つけるか回収したのか？」

「あなたが送ってくれた衛星画像は、われわれが到着する前に彼らが潜水したとしても、せいぜい一度きりであることを示唆しています。われわれはその際の回収現場を目撃しました。せいぜい小さな断片がいくつか含まれていたにすぎないようです。彼らが価値あるなにかを回収したとはとても考えにくい。たとえ、問題のロケットのものであろうと。事実、潜水艇は二度と浮上しないでしょう」

「ぜひとも、そうあってほしいものだ。サルヴェージ船一隻の態勢が整ったので、君の方向へ間もなく出動する。君自身の回収作業の状態は？」

「われわれは本船のROVで、アメリカ人たちが作業をしていた区域のチェックをつい先ほどはじめたところです。まだ、報告すべきことはなにもありません」

「了解。君はその場に留まって、できる範囲の捜索をするがよい。ほかに活動が展開されていないか、その一帯をモニターしながら」

「イエス、サー。嵐がわれわれのほぼ上空に迫っていますので、一日二日捜索作業を中止せざるを得なくなるかもしれません。私のほかの隊から、そちらに連絡がありましたでしょうか？」

「ああ。われわれはリュウ博士からいくつか手がかりを得たし、彼らは博士が求めているサンプルを入手するために目下動いている。残念ながら、そのためには微妙な活動がさらに必要とされる」

「ロケット部隊特別運用部は、あなたの期待を裏切りはしないでしょう、サー」

「そう願っているのだが」

「われわれは最善を尽くします。大佐、あなたお一人ですか？」

「ああ」

「それでは、お知らせしておきたいことがあります。問題のロケットより重要かと思われるものを私は発見しました。この探鉱船と係わりがあるのですが」

三〇分後に、ヤン大佐は室内の機密電話を切った。彼は椅子に深く坐り天井を長いあいだ見つめながら、甥に知らされた話の内容の理解に努めていた。前かがみになり、机に載っているファイルを引き寄せページをめくっていった。肩書にともなう役得がしだいに減ってきたことは経験ずみだったが、軍事最高機密に関して毎日送達される情報報告を彼はまだ官僚意識から受け取るのを拒んだことはなかった。

少し目を通していくうちに、探していた頁が見つかった。その紙面を上から下へ追っていき、大きな書体の見出しの所で目を留めた。

アメリカの副大統領と台湾総統は、アメリカ艦隊の高雄市訪問中に、新たな防衛協定について協議を行う。

「完璧」ヤンは一人つぶやいた。数週間ぶりで気分が晴れた。「まさに完璧だ」

19

チェン博士が病室のベッドに上半身をたてて坐り、青いシャツ姿の男とにこやかに話をしていると、ダークとサマーが部屋に入ってきた。館長は顔をあげ、微笑んで二人を迎えた。

「やあ、ようこそ、私のアメリカのお友だちおそろいで」博士は声を掛けた。「なんと嬉しい喜びだろう」

サマーはロビーで買い求めた花の鉢を携えていて、それをナイトスタンドに置いた。

「ご気分はいかがです？」

チェンは肩から手首までソフトキャストに覆われた左腕をいくぶん上げた。「少し左側が不自由ですが、そのほかなんともありません。サマー、ダーク、リー・ホン君を紹介いたします、故宮博物院の副院長です」彼は同僚のほうを向いた。「ホン、この方たちなんだ、あの一連のトクチャーの彫像を回収してくれたのは」

眼鏡を掛けた男は眼鏡を押しあげ、ダークとサマーに頭をさげ、そして握手した。

「当博物院はみなさんのお働きにはこのうえなく感謝しております、それにチェン博士を助けていただいて」

「お役に立てて喜んでおります」サマーが答えた。

チェンはダークのほうを向いた。「あなたは大胆にも犯人を追走したそうですが」

「なに、博物院の敷地の様子を知りたいと思っただけで」ダークは冗談を言った。

「あの守衛さんはだいじょうぶですか?」

「ええ」リーが答えた。「彼は気を失いましたが、意識を取りもどしすっかり元気になりました。おそらくあの泥棒はバスルームに潜んで、博物院が閉館になるのを待っていたのでしょう。守衛はあなたをチェン博士の部屋へ案内した帰りに、ロビーで泥棒とふいに出くわしたのです。泥棒はわれわれの友人の腕を折ったのと同じ武器で、守衛を殴りつけたのです」

「嫌味な棍棒だ」ダークは言った。「彫像が戻ってきたのはなによりですが、死者が出たのは不本意です。彼は曰くつきの犯罪者なのですか?」

「いいえ」チェンが答えた。「ホンがちょうどいま私に話していたところですが、あの男は台湾人ではありません」

副院長はうなずいた。「警察から聞いたのですが、彼は中国本土から乗り継ぎ便で到着したそうで、現時点では旅券は偽造だったと見なしているそうです。そんなわけで、警察は彼の実際の身許をつかんでおりません」

「どうも、彼はこの博物院のトクチャーの彫像を特に狙っていたような気がしますけど」サマーは言った。「高価なものなんですか？」

チェンは肩をすくめる仕草をしようとした。「もっとかなり価値の高い彫像も、ほかのいくつかの展示ケースの中にはあります。しかし、個人収集家の好みはさまざまで、それが盗人の動機になっているのかもしれません」

「それで思いだしました」リーが言った。「聞いていますか？　同じような押しこみがシンガポールのアジア文明博物館でも起こったそうですが」

チェンは首をふった。

「あそこの館長から聞いたのですが」リーが言った。「それもやはりチベットの作品が狙いだったそうです。あそこのトクチャーの彫像はたまたま倉庫に保管中だった。しかし泥棒たちが同じ類の彫像を狙っていた可能性はある」

「それが偶然の一致なんてことはありえない」チェンが言った。

「大金（おおがね）を持っている奴に違いない」ダークが言った。「アジアでもっとも大きい博物館二つを襲ったのだから」

「大金持ちのうえに太い神経の持ち主だ」チェンはサマーを見つめた。「せいぜい気をつけてくださるように、ネチュン・トクチャーの彫像を所持している間は」

「早く手放せれば、それに越したことはないのですが」ダークが言った。

「なにかお考えでも?」リーが訊いた。

ダークが肩をすくめかけると、サマーが咳払いをした。「私はNUMAの次官と連絡を取り、このケースを持ってインドへ向かい、本来の所有者にそれを戻す許可を得ました」

「まさか君、いつの間に……」ダークは知らぬことなので口走った。

チェンは微笑んだ。「きっと価値ある冒険となることと、私は確信しています。どうぞ、経過を教えてください。それに、私をお忘れなく」彼はウインクしながら言った。「われわれの博物院と共有可能なチベットのほかの遺物にお二人が出会ったときに」

ダークとサマーはチェンの早い回復を願い、別れを告げた。連れだって病院を出ながら、ダークは妹のほうを向いた。「例のインド行きって、いったいどうなっているんだね?」

「昨日の夜、カレドニア号と連絡が取れなかったので、ルディ・ガンにe・メールしたの。彼は私たちがモルディブへ行く途中で、インドに立ち寄ることを許可してくれた。ニューデリー行きの今日の午後の直行便、予約ずみよ」

ダークは妹を見つめ首をふった。サマーは若い時から放浪癖があって、しじゅう動き回っていた。彼は妹をかつてサメと呼んでいたが、それは獰猛(どうもう)さのせいではなく、いつも彼女が前へ前へと積極的に動き続けていたからだった。

「われわれは発(た)つ前に台湾探訪をするのかと思っていたが」彼は言った。「山脈、湖沼、オールナイト・カラオケバー」

サマーは足を止めて、冷ややかに兄を見た。

「断じてお断り」彼女は本気で拒否した。「あなたが歌うのを前に聞いたことがあるの」

20

マーゴットは狭い船室を数えきれないほど巡り歩いた。コマンド隊員たちが銃を突きつけて父親を引きずって行ってから二時間が経った。最悪の事態が彼女の頭にこびりついて離れなかった。命を落とした一等航海士の姿が絶え間なく甦ってきた。マーフィーの血まみれの死体は、まるで車にはねられ放置されている動物さながらに、船橋の床に横たわっていた。侵入者たちは冷酷な殺し屋たちで、父親の運命がマーフィーのたどった道と異なる可能性はごくまれなように思えた。助けを求めなければならなかったが、船室に閉じこめられていては無理な話だった。だがなんとしても、部屋を脱け出る方法を見つけるのだ。

その答えは、部屋の片隅に押しこめられていた小さな書き物机の木製の脚に、彼女がつま先をぶつけた時に立ち現れた。テーブルから飛びのいた彼女は、テーブルの脚が捻られていることに気づいた。テーブルのところへもどって、彼女はもういちど脚を捻った。脚はなんの抵抗もなく回った。一本の太いねじ釘で留められているだけだった。

マーゴットはその脚を外し、三本脚のテーブルを隔壁に押しあてて立たせた。抜き取ったカエデ材の脚を握ると、野球のバットのようにふってみた。銃でもナイフでもないが、彼女の必要をしっかり満たしてくれそうだった。

彼女は新しく得た武器を持って戸口に近づき、照明のスイッチを切った。部屋の中はたちどころに闇に包まれた。数分ほど待って目を暗さに慣らしながら、彼女はドアの片側へ移動した。一つ深く息を吸いこむと、足を伸ばしてドアを三度叩いた。

「お願い、助けてくれない？」彼女は呼びかけた。

なんの反応もなかった。

マーゴットはまた深呼吸をし、もう一度声を掛けようとした。すると、ドアの取手の回る音がした。彼女がテーブルの脚を振りあげて構えていると、ドアが押し開けられた。

警備員は突撃ライフルを両方の腕で抱えて、及び腰で一歩足を踏み入れた。廊下の照明は薄暗く、室内は照明不足だったので、彼は左手を横に這わせて照明のスイッチをまさぐった。マーゴットは彼の動きを見てとって、全力をこめてテーブルの脚を振りおろした。

頭上の照明が点灯し、テーブルの脚のずんぐりとした先端が警備員の左手を隔壁に叩きつけた。骨の砕ける音に悲鳴が続き、警備員は手を引っこめた。痛みに一瞬かがみこんだが、彼はすぐさま銃をかまえようとした。

マーゴットはその余裕を与えなかった。

彼女はまた脚を振りまわした。灯りの中に相手がはっきり見えるので、こんどの一撃のほうが強烈だった。カエデの材木は警備員の顎をまともにとらえ、二つに裂けた。頭を後ろに弾かれ、彼は床に崩れ落ちた。

マーゴットはひび割れたテーブルの脚を投げだし、警備員に近づいた。彼は意識を失ってうつ伏せに倒れていたが、息はしていた。ドアを閉めると、彼女は相手の袖をつかんで引っぱり、彼の身体を船室内に完全に引きずりこんだ。床に転がっていたライフルを拾いあげた。銃をめったに撃ったことがないので、置いていくことに決め、マットレスの下に押しこんだ。

片方の寝台のシーツを剝ぎ取り、それを使って警備員の足首と手首を背後で縛りあげた。皺のよった枕カバーは、彼の口に巻きつけるのに手ごろな長さだった。マーゴットは彼の血塗られた顔にひるみながらも、枕カバーを彼の頭の後ろでしっかり結んだ。

秘かに廊下へ出ると、いちばん近い外部へ通じる出口へ向かった。夜なので、混みいっている外部デッキでは見つかりにくいだろうし、機械類は格好の隠れ家になってくれる。

ところで、父はどうしているのだろう? アリステア・ソーントンは船橋か海底運用室に拘束されているようだった。そこでなら彼は船の装置の使用法を指示できるから。クレーン脇のデッキに空いている場所があって、左舷越しにケーブルが送りだされたらしいので、運用室にいる可能性のほうが強かった。

マーゴットは隔壁沿いに運用室の中央入口を目指して忍んでいったが、やがて立ちどまった。運用室の裏手にユーティリティ・ルームがあって、入口の一つが右舷にあることを思いだしたのだ。そっちのほうが安全な潜入場所なはずだ、もしも鍵が掛かっていなければ。

向きを変えて後ろへ移動する彼女に、軽い雨が舷側から吹きつけた。薄暗がりをすかして見ると、デッキに人の気配はなさそうだった。彼女の父親は、十人あまりのコマンド隊員が船に乗りこんできたと話していた。彼女は物陰を密やかに進んでいきながら、辺りにいる者たちが機敏でないことを願った。

うねりに揉まれて船が激しく揺さぶられる中を、彼女は船尾へ向かった。できるだけ、彼女は隔壁とそれが投げかける物影にぴったり身体を寄せた。大きな巻き上げ機の横を通り抜けるために開けた場所にこっそり入っていった彼女は、舷側近くに小さな灯りを目撃して凍りついた。警備員が葉巻の煙を吹かし、吸い殻を舷側越しに捨てた。黒ずくめの身なりで突撃ライフルを胸に斜めに掛けている彼は、夜の闇にほぼ溶けこんでいた。

マーゴットは息を殺し、ゆっくり屈みこみ、巻き上げ機に背中を押しあてて、巻き軸の下に姿を隠そうとした。コマンド隊員は彼女のほうへ進んできたが、彼の視線は雨に濡れそぼった海に向けられていた。彼は舷側をつかんだ。船が左右に揺さぶられたのだ。やがて彼は巻き上げ機の、それにマーゴットの横を通りすぎた。

彼女は隊員が視界の外に消えると、一つ静かに息を吐きまた歩きはじめた。右舷沿いに進んで行き、数メートルごとに立ちどまって周囲を確認した。ユーティリティ・ルームの入口に近づいていくと、デッキの前方から何人かのつぶやき声が聞こえてきた。彼女は足早に前進し、ドアの取手を捻った。鍵が掛かっていた。

人の声が大きくなってきた。懐中電灯の灯りが踊りながら彼女のほうに近づいてきた。彼らは私の脱出に、もう気づいているのかしら？

運航室の側壁には隠れ場所がなかったので、彼女は舷側脇の黒っぽい物を目指してデッキをすばやく横切った。それは船のテンダーボートの一艘で、大きなクレーンの下に配備されていた。マーゴットは船体を手で探り、その船尾のほうへもどっていった。ボートは木製の荷台用ラックに載っていて、それが足場を提供してくれていた。マーゴットはそのラックにのぼり、船尾板を乗り越えて船尾デッキに倒れこんだ。ボートには有蓋の操舵室が設けられてあったので、彼女は這いずってデッキを横切り、操縦士の椅子の下に潜りこんだ。

男たちは立ちどまった。声はボート脇でしていた。彼らは中国語を話しており、マーゴットには理解はできないものの、口調に緊迫感は感じられなかった。やがて彼らの声は途切れ、近くにある発動機がにわかに唸りを発し作動しはじめた。マーゴットは自分の乗っているボートの軽い揺れを、つぎに誰かがボートに乗りこむ重い足音を感じた。

頑丈なブーツの靴音はファイバーグラス製のデッキを横切り、操舵室へ向かった。マーゴットはコマンド隊員が操舵室の戸口に近づいてきたので、椅子の下で身体をすくめた。だが、隊員は中には入ってこなかった。彼は操舵室の屋根によじ登った。マーゴットは頭上を這いずるケーブルの音を聞きつけ、ふと思い当たって気が滅入った。

コマンド隊員は彼女がそこにいるのを知らないのだ——それで、ボートを出動させようとしているのだ。

クレーンがボートに下ろされたので、コマンド隊員はリフトケーブルと繋いだ。彼は屋根から下り、暗がりの操縦室をちらっと覗きこんだが、マーゴットには気づかなかった。彼はボートの後部へ移動し、船尾板に腰を下ろした。ほどなくケーブルは張りつめ、ボートは空中に釣りあげられた。

マーゴットは早鐘を打つ動悸を感じながら、どう対処すべきか考えた。操縦士の椅子の前方へ這いずり出て、小さな収納庫へ向かった。手触りで狭いキャビネットの両開きのドアを開けると、救命胴衣や緊急用備品がぎっしり詰まっていた。操縦室に、隠れる場所は見当たらなかった。

ほんの数秒のうちに、ボートは舷側越しに下ろされ人が乗りこんでくる。彼女は這いずって、開け放たれている操縦室のドアへ急いだ。コマンド隊員はまだ船尾板に腰を下ろして、船上の誰かと話をしていた。船尾板との間は無蓋デッキで一対のベンチが置かれてあったが、遮蔽物とはならなかった。

ボートが彼女の足許で揺れた。船の舷側越しに振りだされ降下しはじめたのだ。時間も選択肢もないままに、彼女は海側の舷側に這いずっていった。狭い作業用通路が操縦室の側面から舳先まで伸びていた。マーゴットはそれに上った。身体を前方に引きずって両脚を隠すと、狭い足場に平らになり目を閉じた。武装をした男たちが三人、彼女の背後のデッキに飛び下りた。

21

ハイアラム・イエーガーはいつもの指揮所である、NUMAコンピューター資料センターの大きな馬蹄形のテーブルの頂点に陣取っていた。彼は床から天井に届くすこぶる大きなビデオボードに向かっていた。ボードには同機関が世界中に展開する海洋ブイとセンサーのネットワークから送られてくる、生のデータがちりばめられていた。イエーガーがビデオボードのいちばん上の気象レーダー画像を検討していると、ルディ・ガンが入ってきて彼の隣に坐った。

「カレドニア号のことは聞いているだろう？」ガンは話しかけた。

「ええ。あの船が台湾へ向かう途中で遭遇する気象状況を、ちょうど確かめていたところです」彼はスクリーンの上の部分を指さした。「上のほうにある黒い点があの船です」

四角い一枚の映像は、渦巻く灰色の雲の塊を端から端まで映しだしていた。ちいさな黒い点が下の中央近くにスーパーインポーズされていて、黄色い半円形が上から下がっており、台湾の南岸を表わしていた。

「あの船は航行中ずっと荒海に揉まれそうだ」ガンが言った。

「嵐の真っただ中にいる。救いは、航海術の点からですが、あの船と嵐が共に同じ方向に向かっていることです」

「ピットとジョルディーノはどうしている？」

「カレドニア号はあらゆる追跡および分析データを送ってきています。私はそれをマックスを介して確認しています」彼はビデオウォールの背後にある高等スーパーコンピューターとの通信用に創った、人工女性インターフェイスを引き合いに出した。

「彼女は海中になんらかの乱れが生じていると見なしている。潜水艇から最後に送られてきた資料は、乱れが高速で海底を移動中であることを示唆しています」

「なにが原因だろう？」

「ちょっとした謎です。カレドニア号の当直船員は、メルボルン号という名前の一隻の探鉱船が近くに陣取って、ある種の活動をしていると報告しています」彼はオンラインで見つけた船の写真を表示した。

「大型の民間船のようだし、なにも変わったところは見当たらないが」ガンは言った。

「爆発事故でも起こしたんだろうか？」

「ありえる。遺憾ながら、メルボルン号は協力を買って出るどころか、交信さえ拒否している。あの海域の気象状況もあって、ＲＯＶなり潜水艇を現地に送りこんで捜査をはじめるには、少なくとも四八時間は掛かる」

ガンは悪い知らせを予期してはいたが、絶望的な状況に衝撃を受けた。たとえピットとジョルディーノがまだ海底で生きているとしても、彼らは救出されるまで長い間待たねばならない。「副大統領にはすでに伝えてある」彼は言った。「われわれはローレンに知らせるために、国会議事堂で落ち合うことになっている」

イェーガーはうつむき首をふった。「もっと良い知らせをあげられればよかったのだが」

「このまま続けてくれ、ハイアラム。そして、なにか新たに分かったら教えてくれ」

「そうします」

ガンが立ちあがりかけると、イェーガーが手を貸した。「行く前に、あなたに知っておいてもらいたい別の件があるんです。サマーが自分たちがフィリピンで発見したチベットの彫像の写真を、ｅ‐メールで送ってよこしたんです」

ガンはうなずいた。「彼女とダークはそれらを返還するためにインドへ向かっている」

「それらがトクチャーと呼ばれる材質から彫られていることが明らかになった。それはチベット語で天の鉄を意味する」

ガンはその言葉について考えた。「天の鉄。隕石のことだろうか？」

「そのものです。台北の博物院を襲った強盗の狙いは、同じ材質でできている彫像だった。この二日の間に、同様の強奪事件がシンガポール、香港、それにニューデリーの博物館で起こっている。いずれの場合にも、犯人たちは同じ材質の作品を奪っている」

「金持ちで質の悪い収集家のやりそうなことだ」

「違うんです」イェーガーは説明した。「中国人民共和国のお国掛かりの工作である証拠があります。台北で命を落とした強盗は中国本土の諜報員だと信じられています。同じ可能性が、ほかの事件にも存在します」

「中国ね」ガンは言った。「ほかの強盗たちは上手くやってのけたのだろうか？」

「シンガポールの博物館は、事件当時、展示物の大半が非展示期間にあたっていたので、小さな作品を一つ盗まれただけですんだ。香港の場合、警察が敏速に反応して工作を防いだ。ニューデリー強盗事件に関しては詳しい情報を得ていません」

「なぜ中国はそうまで執拗にチベットの彫像を欲しがるのだろう?」

「その質問をマックスにぶつけてみたんです。彼女の推測の一つは興味深い」

イェーガーはキーボードを叩いて、煌めく黒い物質に彫られた小さな一頭のヤクの写真を取りだした。その写真はある科学雑誌の記事からの抜粋だった。

「マックスはアデレード大学が行った、トクチャーの彫像に関する研究にたまたま出合った。興味深いのはその文化的要素ではなく、彼らがテストした作品の物理的な組成です。研究所の分析によって、トクチャーのサンプルの多くはメソシデライト(石鉄隕石)とよばれる珍しい隕石からできていた」

「違いがあるのかね?」

「あるんです、成分を原子レベルで分析すると。それに、鉄とニッケルの合成例は一般的で、大半の隕石に認められるが、特定のトクチャーはハフニウム、タンタライト、さらにレイディットをふくむ希土類元素の稀な組み合わせを示している」

「分かった」ガンは言った。「ほかになにか?」

「こうした元素を研究所で一様に合成するのはすこぶる難しいが、天然にその状態にあるものが一定のトクチャーのサンプルに見つかる。それはそうした物質が大気圏内に突入する際に過熱されること、さらには地表に激突した瞬間の衝撃がからんでいると信じられている。原因はなんであれ、分子たちは組み替えられ、密度の高い構造にびっしり押しこめられる。その結果、驚くべき耐熱性を備えた、ある種のアマルガム（合成物）ができる。トクチャーは摂氏五〇〇〇度を超す温度に耐えるらしい。わが国の宇宙計画に使われている合成材を上回っているわけです」

ガンはゆっくりうなずいた。「それなら、その物質のサンプルを是非にも手に入れたくなるだろう」

「まったく。空軍にいるある友人と話したのですが。彼はピットとジョルディーノが先に回収した例のミサイルの部品をリモート・ビューイングしています。彼が言うには、中国のあのミサイルは飛行新記録で飛んでいたが、熱破損のために失敗したようです。超音速は極度の摩擦をもたらすし、その結果生じる熱溶融を防ぐのは高速ミサイル開発上の大きな障害となっている。中国がそうした隕石の中に、その問題を解消してくれるなにかが含まれている、と信じている可能性がある」

「それでは、彼らがチベットの材質をミサイルのハウジングに使うなり複製できるなら」ガンが言った。「彼らは超音速の武器を作れるわけだ――この地球上の何よりも速い兵器を」

イェーガーは案じ顔でうなずいた。「国防総省には対応策がないでしょう……したがって、打ちあげ競争で圧倒されるリスクを背負いこみかねない」

「この情報は空軍に知らせるのが最善の策だ」ガンは腕時計をちらっと見た。「それに、副大統領に知らせる。彼に会う時間にもう遅れてしまったが」

ポトマック川のバージニア州側にあるNUMAのビルから首都へのドライブは一〇分足らずで、ガンはいくつかある交差点を青信号続きで走り抜けられた。レイバーンハウス・オフィスビルディングの地下駐車場に車を停めると、彼は四階へ急いだ。副大統領のジェームズ・サンデッカーはシークレットサービスの分遣隊を従えて、廊下を行ったり来たりしていた。

「遅れて申しわけありません、サー」ガンは言った。

「いましがた来たばかりだ」

ジェームズ・サンデッカーは小柄だが、すこぶる個性的な人物だった。ワシントンではやり手の役人として一目置かれていた。退役海軍提督である彼は、以前にNUMAのトップを務めており、ルディ・ガンを最初の職員の一人として採用した人物でもあった。豊かな赤毛に同じ色合いのバン・ダイク髭のサンデッカーは、決然とした眼差しでガンを見つめた。

「ピットとジョルディーノに関して、なにか新しい情報でも入ったのか？」

「遺憾ながら、そうではありません。台風襲来のため捜索活動が錯綜しております」

「われわれにはローレンに真実を伝える義務がある」サンデッカーは側面のドアから中に入った。

そこは下院議員ローレン・スミスの部屋で、コロラド州選出の下院議員を長年務めてきた、ダーク・ピットの妻だった。明るい感じのする受付け係は、思いもかけぬ副大統領の出現に驚きはしたものの、躊躇なく男性たちを女性下院議員の個室へ案内した。

ローレンが机に向かって坐り、環境安全法案の表現を検討していると、男が二人入ってきた。プラダ製のビジネススーツを着こみシナモン色の髪を肩にたらした彼女は、美しい職業女性のあらゆる定義を満たしていた。温かみのある微笑みが、男性たちの沈んだ表情を見ると消え失せた。

「お邪魔して失礼。だが、ダークとアルが消息を絶ったことをお知らせします」サンデッカーは持ち前のぶっきらぼうな口調で言った。彼はガンのほうを向いた。「ルディから詳しく説明します」

彼らはローレンの向かいに坐り、潜水艇が行方不明になった経緯について説明した。ローレンは涙に目を潤ませながら、二人の任務や捜索活動について切りこんだ質問を重ねた。

「私は」彼女は低い声で言った。「捜索活動現場に近い場所へ行きたいのですが」

「その件もあって、ここに伺ったのですが」サンデッカーは言った。「あなたは下院外交委員会で仕事をなさっているのでご承知の通り、大統領は台湾と重要な防衛協定を締結し、あの地域への支援を強化する意向です。私は今夜遅くに発って、台湾の総統とわが海軍の駆逐艦上で正式に防衛協定の批准を行います。お出でになられてはいかがです？　君も、ルディ」

「ええ、むろん」ローレンは応じた。

「ありがとうございます、副大統領閣下」ガンはうなずいた。「現地での捜索活動の調整に、喜んで協力させていただきます」

ローレンは窓の外のワシントンモールの穏やかな眺めを見つめながら、はるか彼方（かなた）の海を思い描こうとしていた。「彼らに望みはあるのかしら？」

「ピットとジョルディーノですよ」サンデッカーは言った。「私は世界中のどの二人組より、彼らに賭けます」

22

スティングレイ号の中は、シューという甲高い音に埋めつくされていた。頭が疼くので、ピットはなんとか眠りたかったが、騒音がなんとも耳障りだった。深く暗い井戸の深みから這いあがるのを心の中で思い描き、強いて両の目を開けた。辺りはほぼ闇で、頭上でさまざまな色の照明の列が点滅しているだけだった。

彼の自意識がじょじょに甦ってきた。頭をふって靄（もや）を振りはらった。その動きは効き目があったが、焼けつくような痛みももたらした。頭骨に触ってみると、側頭部に大きな瘤（こぶ）ができていた。懸命にバランスを取りながら操縦士席の肘掛けによじのぼって、潜水艇が横倒しになっていることに気づいた。彼の肘が操舵装置にぶつかり、その弾みで外部の照明が点灯し、彼らの前方に茫漠とした砂地の海底が照らしだされた。

「アル」ジョルディーノが横に倒れこんでいたので、ピットは手を伸ばして彼の肩を揺すぶった。ジョルディーノは低く呻いて応じた。ピットは自分の座席から滑りでて、ジョルディーノの椅子の後ろに這いずり寄った。「だいじょうぶか？」

「ああ」ジョルディーノは心許なげな口調で答えた。

パネルライトのもとで、ピットはジョルディーノの側頭部にひどい傷が口を開いていて、隔壁に飛び散った血の跡があることに気づいた。ピットは収納庫を開いて救急箱をつかんだ。ガーゼの包帯を傷に貼りつけてやると、小柄な男は意識を取りもどした。

「いったい何が俺たちにぶつかったんだね？」ジョルディーノは訊いた。「パワーアップしたトード氏のワイルドライド（ディズニーパークのアトラクション）みたいだったが」

ピットは首をふった。「爆発だとは思わん。むしろ長い激流みたいな感じだった。まるで、春のコロラド川の雪解け水の急流に放りこまれたような。それに、ある種の音の襲撃が伴っていた」

「俺の耳の鼓膜はまだジンジン鳴っている」ジョルディーノは痛む肩をなでているうちに、シューという物音に気づいた。「外部の水漏れではない、と思うが」彼らが現にいる深度では、潜水艇の艇体に針の先ほどの孔でも生じたら、消防ホースの水並みの勢いで海水が孔に殺到する。

ピットは身振りで、自分たちの椅子の下にある音の出所を示した。「艇が転覆中に緊急用酸素タンクがはずれ、酸素が噴出しているんだ。よかったよ、この音がなければもっと寝込んでいたかもしれない」

噴出音がしだいに弱まっていき、ジョルディーノは身体を起こして傾いている隔壁の上に跪いた。「海上に出たほうがよさそうだ」

ピットは懐中電灯を彼にわたし、自分も懐中電灯を手に取った。「利用できるものがないか確かめるとしよう」

彼ら二人はそれぞれの負傷を振りはらって、潜水艇の損傷の程度の確認にとりくんだ。彼ら自身が踝まで、壊れたパネルの破片や電気系統の部品などに埋もれていた。頸木から外れた酸素タンクは潜水艇の後部を転げ回った二つのうちの片割れで、回路遮断器（ブレーカー）のパネルと制御装置を叩き壊していた。ジョルディーノは生命装置を点検し、ピットは自分たちを直立させてくれるバラストと制御装置を調べた。

「二酸化炭素清浄装置は故障しているようで、目下のところ作動不能」ジョルディーノは知らせた。「ここのアルプスにも似た空気が、いささか生ぬるくなったようだ」

「電気装置のほぼ全部が打撃を受けたらしい」ピットはＶＨＦラジオの一部である、ひしゃげた配電盤を持ちあげて見せた。「外部のトランスポンダーは死んでしまった。本船を呼びだすのは当分無理のようだ」

ジョルディーノは送受信機を水中音響電話に繋ぎ、交信を試みた。「バッテリーはあるらしいが、上は応答なし」

「俺たちはきっと範囲外に出てしまったのだ。だが、カレドニア号はわれわれを探して、いずれ現れるとも」

ピットは舵輪の叩きつぶされた制御パネルの調整を続けていたが、やがて苛だって掌を叩きつけた。「バラスト制御装置になんの反応もない」彼は懐中電灯を側面の小さな舷窓から艇尾のほうへ向けた。「左舷のバラストタンクは、いずれにせよ破れてしまったようだ。右舷は視認できない。左舷の計器によれば八〇パーセント浸水。ただし、計器が正確なら」

「まだバッテリーの力はいくらか残っている」ジョルディーノが言った。「だから、すべて失われたわけではない」

「それなら配線改修ができる」ピットは道具箱を開けてねじ回しを取り出し、それを使って床のパネルの一部をこじ開けた。パネルの下は狭い間仕切りになっていて、左舷バラストタンクのポンプが収まっていた。ジョルディーノはコンソールのセンサーから解いた、長い螺旋(らせん)ワイヤーを携えて這いずっていった。

本来なら電力を供給されて熱を発しているはずのさまざまなコンピューターや電気

装置が作動していないので、艇内の温度は下がりはじめた。それに、濾過や循環機能が作動していないので、冷たい空気が間もなく饐えてきた。蓄積される二酸化炭素の影響はゆるやかだったが、やがて二人とも軽い眩暈を起こしはじめた。

照明が限られているうえに、潜水艇が横倒しになっているので作業は思うにまかせなかった。しかし、ついにジョルディーノが一時しのぎのリードワイヤを取りつけるとポンプのモーターが唸りを発し、二人の苦労は報われた。圧搾された空気が左舷バラストタンクに送りこまれ、タンク内の海水が外に押しだされた。彼ら二人は浮力が強まるにつれて床が揺れ動くのを感じたし、スティングレイ号は直立状態に近づいていった。

「少なくとも、これで俺たちは坐って死ねる」ジョルディーノが空気をポンプに送りこみながら言ううちに、タンクが完全に空になったことを圧力計が示した。

「それより羽根布団で横になりたいものだ」ピットは操縦席に坐りこんだ。推進装置を点検したところ、潜水艇の推進機五基のうち二基しか反応がなかった。「直立させてくれて大いに感謝しているが」彼は言った。「本当のところ、一陣の新鮮な空気のほうが大いにありがたいのだが」

「見当違いの脱臭剤だったか？」

「バッテリーの希硫酸の臭いは俺好みじゃないんだ。緊急用の重りを放りすてて浮上するにかぎる」

「よろこんで」ジョルディーノがしゃがみこんで床の小さなパネルを開けると、埋めこみ式のT型ハンドルが現れた。それを引き起こすと、船底に固定されていた重さ四五〇キロの鉛の重りが外れて沈んでいった。たちどころにスティングレイ号は海底から離れ、少し傾きながら上昇した。

ジョルディーノは席に坐りなおした。濁った水が覗き窓の脇を通りすぎていった。

「海面までどのくらいかかるだろう?」

「一時間ぐらいかな、この傾いた状態で」

ジョルディーノは頭をこすった。「誰かがステーキと氷嚢を用意して待っていてくれるといいのだが」

ピットは答えなかった。彼は眼前の暗い海を見つめながら、そもそも待っている者がいるかどうか怪しいものだと思っていた。

23

メルボルン号のテンダーボートは海面に着いた——そして、闘牛のウシのように跳びはねた。二メートル近い波が、嵐模様の夜の闇のなかへ突き進む船の左右に雷鳴にも似た音をたてて激突した。

ボートは向きを変え加速しながら本船から離れた。波しぶきが左右から雪崩れこんだ。マーゴットは作業通路の小さなデッキ・クリートにしがみついていたが、頭から真っ逆さまに海の中に投げだされそうな心地がした。降りしきる雨に、まだ濡れていなかった彼女の身体の部分も、たちまち水浸しになった。彼女はあえて移動しなかった。船室や後部デッキから見咎(みとが)められずにすみそうな場所はどこにも見当たらなかったのだ。じっとしているの。彼女は自分に言い聞かせた。そうすればボートがメルボルン号に戻るまで見つからずにすむはずだから、と彼女は自分を説得した。

ボートは押し寄せる波に分け入り、じょじょに船脚をあげていった。マーゴットは何度となく身体を宙に持ちあげられ、デッキに激しく叩きつけられた。前方に目を凝らしていると、まもなくコマンド隊員たちの目指す船が姿を現した。一艘の小さな船が八〇〇メートルほど先に停まっていた。彼女は暗い海を見わたしてNUMAの船を探したが、どこにも見あたらなかった。

テンダーボートが近づいていくにつれて、マーゴットは相手の船がユーティリティ・ボートで、自分がしがみついている船とほぼ同じ大きさだと分かった。照明に浮かびあがる有蓋の船室には男が三人立っていた。テンダーボートの接近をレーダーで探知して、彼らのうち二人が荒天用ジャケットを着こみオープンデッキに現れた。NUMAのボートが舳先を南西に向けてアイドリングしている間に、メルボルン号のテンダーボートは右舷に接近した。マーゴットはほっとした。コマンド隊員たちの神経はボートの反対側に絞られるはずだ。

NUMAのボートに近づくと、コマンドたちはそれぞれに左舷の下にしゃがみこんだ。二人とも切り詰めたQCW‐05機関銃を抱えこんでいた。テンダーボートが近づきながらエンジンを切るのを感じ取ったので、マーゴットは数センチ前へ這いずり出て、相手の船を覗き見した。テンダーボートのスポットライトがその船の青緑色の塗装を照らしだし、操舵室の船名にはカレドニア2号と謳(うた)われていた。それはカレドニア号のボートだった。ではＮＵＭＡの本船はどこにいるのだろう？

「おーい」デッキに出ていたＮＵＭＡの乗組員の片方が、テンダーボートに向かって慎重に手をふった。

コマンド隊員は二人とも立ちあがり発砲した。銃身を切り詰めた機関銃の陰にこもった断続音に、マーゴットの背筋に寒気が走った。やがてそれは恐怖に取って変わった。ＮＵＭＡの乗組員二人は銃弾に撃ち抜かれてデッキに倒れこんだ。彼女はショックで目を逸らし、両腕で頭を抱えこんだ。

彼女は目を逸らしたが、隣で起こっていることは聞こえたし、その場の感じも伝わってきた。片方のコマンド隊員がＮＵＭＡのボートに、焼夷弾を一発ひょいと投げこんだ。焼夷弾は転がって操舵室のドアにぶつかった。爆風にドアは開き小さな火の玉が操舵室を包みこんだ。生き残りの乗組員は足をすくわれたが、火を消しに改めて戸口に現れた。

その瞬間に、彼は撃ち倒された。

テンダーボートは確認のためにさらに近づき、ＮＵＭＡのボートの左右にぶつかった。テンダーボートは右側へ弾き返され、そのうえ大きな波が襲って舳先と側面を洗い流し、マーゴットは海面のほうへ投げだされた。両方の腕を伸ばしてボートをつかんだがうまくいかなかった。彼女は水を跳ね散らして、頭から海中へ放り出された。

一瞬気を失ったが、水に囲まれたせいで気持ちが落ち着き、彼女は生きのびることに専念した。すなわち、中国のコマンド隊員たちの機関銃の照準器を避けることに。ところで、彼らは私を目撃したのかしら？

浮上せずに、彼女は脚を強く蹴って暗い水中へ潜っていきながら、どうすべきか考えだそうとした。彼らは私に気づいていなかったかもしれない。彼らの注意は、確かにNUMAのボートに集中していた。たぶん、身体を引きずりあげてテンダーボートにとって返し、見破られずにメルボルン号に戻れるだろう。どちらとも決めかねているうちに肺が苦しくなり、エアー不足を知らされた。

マーゴットは海面めざして泳ぎ、近づくにつれてペースを落としていった。逆巻き打ち寄せる泡立つ白波を見つめ、その背後に浮上し胸いっぱい空気を吸いこんだ。

危うく吐きそうになった。

空気が嫌な味がしたので気づいた。彼女はテンダーボートの背後に横になって、排気ガスを吸いこんでいたのだ。アイドリング中のプロペラに注意しながら側面に向かうと、エンジンが唸りボートが移動しはじめた。彼女は水を掻いてボートを追い、腕を伸ばして片手を側面に掛けたが、ボートはその手をすり抜け、音高く遠のいていった。

ボートが輪を描きはじめたので、彼女は水中に潜って目撃されるのを避けた。水中に留まっていると、ボートは彼女のすぐ横を通りすぎた。間を置いて浮上して見やると、ボートの灯りはメルボルン号のほうへ向かって小さくなっていった。

彼女が海に置き去りにされるという不安は、背後の明るい輝きに気づくとともに消え失せた。水中でふり向くと、救出の唯一の望みが目の前にあった。

それはNUMAのボートだった。そのデッキと操舵室は、燃えあがる炎で黄色く光り輝いていた。

24

逆巻き立ちのぼる波がマーゴットに崩れ落ち、彼女は泡だち騒ぐ海中に閉じこめられた。しきりに水を掻いて海面へ引きかえすと、口中の塩水を吐き出した。NUMAのボートから一〇メートルほど離れてしまっていた。彼女は波と潮のせいで西へ流されたのだ。火災にもかかわらずボートの船内モーターは依然として低速で回転しつづけ、ボートを所定の場所に保っていた。

マーゴットは恐怖感にとらわれながらボートめざして泳ぎはじめた。空腹で彼女は弱っていた。乗っ取り犯たちに食事をほとんど与えられていなかったのだ。メルボルン号をテンダーボートで脱出する際のアドレナリンの噴出は、すでに終わっていた。また別の波が襲いかかってきた。顔をあげて見ると、ボートにいっこうに近づいていなかった。

彼女は一瞬あきらめた。死んでしまうほうが楽に決まっている。つぎの瞬間、父親のことが頭に浮かんだ。おそらく、もう生きてはいないだろう。だが、もしも生きていたら、選択の余地はない。父を救うためにやるしかない。

マーゴットは頭をさげ、ボートめざして懸命に水を掻きはじめた。深く潜りこみ、疲れた四肢を引きずって水中を進んだ。諦(あきら)めることなく、水を蹴り水を叩き続けた。途切れない波の襲撃に見舞われ、彼女は前方というより上下に泳いでいる感じだったが、一定のリズムに乗って前進し続けた。数分、奮闘してから、間を取って息を整えた。

意外にも、NUMAのボートは二〇メートルたらず先にあった。舵取りがいないので、ボートは波の下手へ小突かれマーゴットのほうへ押しだされていたのだ。彼女は力泳を再開、前進を続けるうちに片方の手がボートの側面に触れた。

彼女は上下に揺れるボートを精魂つきるほど力を込めて強く握りしめた。今度は、新しい問題に直面した。ボートにどう乗りこむか。船尾は避けた。回転しているプロペラに切り刻まれる恐れがたぶんにあった。側面にしがみつくのも、ほぼ同じくらい危険だった。荒れ狂う海中でのボートの動きは、簡単に彼女を叩きつぶしかねなかった。

マーゴットはボートの風下に泳いでいった。そこだと波から身が守られていたので、リアクオーター沿いに位置を取った。

炎の灯りのもとで、彼女は波のリズムとボートの動きを観察した。大きな波がボートの反対側に弧を描いて殺到した。彼女の態勢は整っていた。船体が波間に沈みこむと、彼女は脚を蹴って飛びあがり舷側に手を伸ばした。

彼女の指は舷側のうえを辛うじてすり抜け、片隅のクリート（留め具）をつかんだ。彼女は必死でしがみついた。反動が生じ、ボートは反対方向に傾いた。彼女はその勢いを利用して舷側越しに片方の脚を投げだし、ボートが自分のほうへ揺りもどされるのを待った。

つぎの縦揺れで身体を引きずりあげて、舷側厚板を乗り越えデッキに飛び下りた。三ないし五センチほどの海水がデッキを洗っていた。転がりこみながら、彼女はなにか柔らかいものに頭をぶつけた。乗組員の死体に彼女はたじろいだ。彼女はボートの縁をつかみ、ふらつきながら立ちあがった。しばし、乗組員の死体と二メートルほど先のその仲間から目を放せなかった。やがて、燃えている操舵室に彼女は視線を転じた。

焼夷弾はドアを吹き飛ばし、操舵室内部のデッキを炎上させていた。その後、炎は隔壁へ燃え広がり天井に達していた。

マーゴットは後部デッキを振りかえり、消火に使えるものを探した。浴槽型のドリンククーラーの形に彼女は目を留めた。蓋を剝ぎ取り海水を満たし、その水を口を開けているドアから投げこんだ。つぎに彼女は、舵輪の下で燻っている操舵士の死体に水を掛けた。どうにか、彼女は一人で女性バケツ・リレー隊を続け、操舵室のデッキを水浸しにし、さらに側面の隔壁に取りかかった。炎は天井から立ちのぼっていた。そこで彼女は水を天井へ数度投げつけて雨に加勢をしてから、操舵室内部にまた挑んだ。

疲労の限界間際の状態で、最後の水を片隅の炎にぶちまけた彼女は、いつしかボートが暗くなっていることに気づいた。炎は総て消え失せていた。

マーゴットは一息つくと、はじめて操舵室の奥まで入っていった。その途端に、彼女はたじろいだ。室内には煙、焼けた配線、それに焦げた死体の臭気がこもっていた。彼女はよろめきながら後ずさりしてデッキへ出ると、新鮮な空気をひと息吸った。彼女の脇には、先ほどぶつかった発動機があった。防水用のシートに包まれていた。

彼女はシートの紐をほどき、シートを操舵室へ運んで行って、操舵士の死体に掛けた。息を殺して、シートの端を彼の両足の下に押しこみ、死体を後部デッキに引っぱりだした。外に出るなり、彼女は包みを下ろして舷側へ向かい、手すり越しに吐いた。

マーゴットは雨に打たれて震えつつ海の空気を吸っているうちに、足許の船内モーターがまだ回転していることに気づいた。しかし、後部デッキを洗っている海水は、自分がボートに乗りこんだ時より深くなっているようだった。

よろけながら操舵室へもどり、側面の窓を開けて新鮮な空気を入れると、焦げた室内を手探りでさぐった。ラジオセットの焼け残りが、レーダー装置の溶けた箱の隣に見つかった。傷んだ一対のビデオモニターがいまも操舵コンソールの上にまっすぐ立っていて、ほかの電子装置の横で燻っていた。

操縦士席の右手に、スロットル制御装置が見つかった。プラスティックとアルミニウムの塊が溶けて側面のコンソールに流れこんでいた。彼女にはボートのモーターの出力を増減する術はなかった。

彼女は舵輪に手を載せた。それは幸い木ではなく鋼鉄でできていたが、焼けつく痛みに手をひっこめた。溶けていなかった代わりに、舵輪はまだ火災の熱を帯びていた。マーゴットは操縦士の椅子のビニールを引き裂き、舵輪の小さな握りに縛りつけて舵輪を回した。ボートは反応し、舳は横に振れた。舵輪を回し続けるうちに、ボートは風と潮流から逸れた。ボートのひどい揺れは収まり、やがてまた前進しはじめた。羅針盤もGPSもないので、彼女はメルボルン号の灯りを目印にした。探鉱船の船首に垂直の位置まで来ると彼女は舵輪を調整し、北だと思う方向へ舵輪を固定した。人里や航行中の貨物船に出合うのには、そうするのがいちばんよいように思えたのだ。

ボートは嵐の中を上下左右に翻弄されながら進んだ。マーゴットは疲れすぎていて、それどころでなかった。ただひたすらに、殺し屋のコマンド隊員たちからずっと離れた遠くへ行きたかった。

悲しみ、怒り、それに疲労まじりに、父親の船が水平線のほうへ遠ざかっていくのを見つめているうちに、彼女の周りの海と空は見境のつかない黒い塊と化した。

25

ステンセスは、それを脚で感じ取った。時間が経つにつれて、船尾の傾きが大きくなっていった。あらゆる手をつくしているのに、カレドニア号はゆっくり沈みつつあった。しかし、船が救いに、台湾の高雄市に近づいている限り、まだ一縷(いちる)の望みはあった。

高雄はもっとも近くにある設備の整った公海水路港だったし、船はすでに七〇キロ以上接近していた。問題は、まだ残っている六五キロを走破することだった。船は沈みかけているのに、立派に航走していた——嵐が真後ろから吹きつけていることに、少なからず助けられてはいたが。

あと三ないし四時間、高速で走り続けることが絶対に必要だが、まずそれは無理だろうとステンセスは見抜いていた。彼の不安はほどなく現実となった。船内電話が鳴った。

「船橋」彼は答えた。

「船長、われわれはもう限界のようです」カレドニア号のジャイルズという名の一等航海士が、カエルのような声で知らせた。「海水がタービンのハウジングの周りでうねり、メイン制御パネルに迫っています。まだ電気系統がショートしないのが不思議なくらいで、この先そう長くもちそうにありません」

「分かった。電気を切って、部下を全員そこから避難させたまえ。そのうえで補助電源装置を、ポンプに繋げるかやってみてくれ」

「やってみます。すみません、船長」

「君ができることを総てやってくれたことは分かっている」ステンセスは言った。

「船橋、以上」

船橋の照明が明滅した。電源が前部発動機に切り替えられたのだ。船の推進装置の耳慣れた音と震動が、無言の死刑宣告のように遠のいていった。船体に叩きつけられる波の音が雷鳴さながらに大きくなった。船は波のなすままだった。カレドニア号の船長はベテランだったが、ひどく神経を揺さぶられた。

彼は通信士のほうを向いた。「天津(テンシン)クイーン号に無線を入れて、われわれが動力を失ったと伝えろ」

ステンセスは側面の窓越しに、積載オーバーの小型コンテナ船を見つめた。その船は農機具を積んでロングビーチから香港へ向かっている途中で、カレドニア号の遭難信号を傍受してその横へ急行中だった。

「天津クイーン号は信号を受け取りましたが、遺憾ながら今回は曳行をするのは難しいとのことでした」通信使は知らせた。「あちらの船長は自分たちがそちらの船の風上に位置取りをして、うねりを砕く手伝いをすると言っています」通信使は顔をあげ不安げに見つめた。「彼らは待機のうえ、乗組員や乗客を受け入れるそうです」

ステンセスが隣の船を見つめると、波間に低く沈んでいた。船倉に荷物を積みこんだうえに、平らなデッキには輸送用コンテナが堆く積みあげられていた。その船は最近建造されたものらしく、高度に機械化されていて乗組員はごくわずかだった。船長が数少ない乗組員で引き綱を渡せると判断するとは思えなかった。少なくとも、積荷がオーバーの状態にあるのだ。天津クイーンが小型船を横切るのはもっと危険なはずだ。

「オープンラインを維持」ステンセスはやがて命じた。嵐に舷側を向けたせいで、船が激しく揺れた。彼の計画はいまや吹き飛んでしまった。救助を依頼してあった高雄市から返事がきたのだ。時化がひどすぎるので、この先数時間タグボートをいっさい送りだせない。まもなく、船の放棄が彼の取りうる唯一の選択肢になりかねなかった。彼はレーダースコープに近づき、奇跡を期待して最後の一瞥を向けた。一縷の望みが現れた。八キロ先に、小さな点が一つ。レーダー信号はそれが小型船であることを示し、船舶自動識別装置はたんにローバー号と伝えていた。

ステンセスは通信士を見つめた。「どんな船か確かめろ」

技師はヘッドセットでしばらく話をし、満面の笑みを浮かべて船長のほうを向いた。

「サー、ローバー号は海上用タグボートで、救助のために航走中。台湾の海洋研究所の要請を受けての出動」

こんどはスセンテスが微笑んだ。かれらのタグボート要請は港湾局に保留されたが、台湾のNUMAに相当する海洋研究所がただちに行動を起こした。ルディ・ガンが同意を取りつけたにちがいない。

ステンセスは双眼鏡を持ちあげ、夜明けの濃い灰色越しに見つめた。辛うじて、自分のほうへ疾走中の大型のタグボートを見分けることができた。近づいてくるにつれ、彼はその姿に思わず笑みを漏らした。風雨に痛めつけられた黒い船体は荒波に沈みこみ、舷側に並んだバンパーは海水に打たれて弾んでいた。

カレドニア号の無線手は放送チャンネルを開いた。

「こちらローバー号」ざらつく声が流れ出た。「漂流中なのか？」

ステンセスは交信用電話を手に取った。「イエス。動力を三〇分ほど前に失った。そちらの姿を目のあたりにして感謝」

「船尾が少し沈んでいるように見えるが」

「船体に損傷を受け、浸水中」ステンセスは知らせた。「包み隠さず言います、船長。曳行に危険が伴う恐れあり」

「心配無用」タグボートの男は答えた。「どれくらい持ちそうです？」

スセンテスは見知らぬ男の短刀直入さに微笑んだ。「三時間。運がよければ四時間。ポンプを総動員して、全員奮闘中」

長い間合いができてから、無線が音を発した。「みなさんを必ず寄港させます。引き綱の導索収納のため待機を」

ステンセスが数人の乗組員を船首近くに配置していると、タグボートが危険なほど風下に接近し、それから滑るように船首へ向かってきた。年配で灰色の髭面の男が操舵室から出てきて、船尾舷側へ足を引きずっていった。黄色いレインスリッカーを着ていて、長い白い髪はギリシャ風の漁師帽子の下にたくしこんであった。一頭の黒いダックスフントが彼を追って操舵室から出てきて、数歩後ろからついていった。

彼は若い台湾人の乗組員を押しよけて通りすぎ、小さなブイに繋がっているロープをコイル状に巻き取った。そのブイに繋がっているロープの端を押しだして水中に落とし、カレドニア号の乗組員に回収させる代わりに、彼は舷側に近づきコイル状のロープをＮＵＭＡの船首目がけて投げあげた。ロープは途中でほどけて完全な半円を描き、やがてブイの先端はぴんと張りつめ、完全にデッキの上に落ちた。

待ちかまえていた乗組員がロープをつかみ、それを近くの巻き上げ機に固定した。船橋の窓から見まもっていたステンセスはタグボートに無線を入れた。「導索確保」

「了解」操縦をしていた台湾人の女性乗組員の柔らかい、訛りのある声が返ってきた。「前進して、引き綱を繋ぎます」

タグボートは言葉通り接近し、年嵩の男とその助手は太い引き綱の輪をほどき、その端を導索に結んだ。太さ二四センチほどあるケブラー社製の組紐は戦艦であっても曳行できた。タグボートは白波に激しくもまれたが、彼ら二人と黒い犬はしっかり立っていて、引き綱が船尾越しに送り出されていった。

カレドニア号上では、乗組員たちが太い引き綱を巻き上げ機の力を借りて船内に取りこみ、それを前部の一対の柱に巻きつけて固定した。白髪の老人はデッキに立ち、二本の引き綱が支障なく送り出されたことを確認していると、タグボートは始動を開始した。

「引き綱の固定完了」ステンセスは無線で知らせた。「そちらの船長に感謝する。この悪天候下で、見事なお手並みだった」

「ミスター・クライブにお伝えします」アジア系の女性が答えた。「間もなく出発するので準備を」

タグボートがうねりを縫ってじりじりと前進するうちに、引き綱がぴんと張りつめた。搭載のともに三五〇〇馬力を超える二基のディーゼルエンジンが作動しはじめた。プロペラは水中深く攪拌し、古びた船は深手を負った船を曳いて前進した。

カレドニア号の船橋から見ると、タグボートは高いうねりの陰に不気味に姿を消しては、煙突から一筋の黒い煙を吐き出しながら不意にまた姿を現した。北西へゆっくり移動していくうちに、NUMAの船の上下左右の揺れがしだいに弱くなり、二隻とも嵐を衝いて突き進んだ。

ステンセスはコンテナ船に無線を入れ、待機してくれたことに礼を言い、あと一ないし二時間で台湾の沿岸警備隊の範囲に近づけるはずなので、引き取ってくれて大丈夫だと伝えた。

「われわれは時速二三キロに接近中」操舵士が知らせた。「あのタグボートはくたびれている割に馬力がある」

ステンセスはうなずきながら、この分なら四時間もすれば港に着けるだろうと頭の中で計算した。

二等航海士が雨を滴らせながら船橋に入ってきた。彼は前方の窓をほっとした表情で見つめてから、スセンテスのほうを向いた。「機関室の浸水のおよそ八〇パーセントを発進前に阻止しました」彼は報告した。「ポンプはすべて稼働。善戦健闘中です」

「ありがとう、ブレイク。ポンプには常に、人をつけておくように。なんとしても乗り切らねばならんのだ」

「やりますとも、船長。ジャイルズやその部下たちは依然として機関室に留まっていますが、ほどなく上がってくるでしょうし、船尾は持ちあがるはずです」彼は声の調子を落とし、船長のほうに身体を寄せた。「機関室が水で埋まっても浮いていられるでしょうか?」

ステンセスはうなずいた。「凪いでいる海でなら可能だ」彼は立ちあがる波を身ぶりで示した。「こんな状況では、とても保証はできない」

「やってのけられると思います」とブレイクは応じた。「ところで、もう一つありま す。ここへ上がってくる途中で、海底運用員に呼び止められたのですが」彼はつま先に目を落とした。「彼らはテンダーボートとの接触を失ったようです」

「無線コンタクトか？」

「無線と衛星ＧＰＳの両方のようです。テンダーボートは瞬間的に反応するものの、つぎの瞬間には消えてしまう」彼は首をふった。「消え失せてしまったようです」

26

マーゴットはさっと目を開けた。見まわすと、まだ焦げついた操縦士の席に坐っていて、両手で黒くなった舵輪を握りしめていた。長く眠りこんだはずはなかった。それが証拠に、依然として疲れが残っていた。ありがたいことに、NUMAのテンダーボートのモーターはいまも回転し続けていた。しかし天候がよくなる兆しはまったくなかった。風は変わりなく吹き荒れていたし、雨は土砂降りつづきで、海はいまも荒れ狂い波立ち騒いでいた。夜明けの灰褐色の光が、水平線上に新たに射しはじめていた。しかし、彼女をはっと目覚めさせたのはほかのなにかだった。

水だった。一〇センチあまりもの海水が操舵室のデッキを洗っていた。マーゴットはずぶ濡れの両脚をあげて、泡だちながら舵輪の三歩下の狭い調理室に流れこむ一筋の滝を見つめた。彼女は立ちあがって戸口へ向かい、後部デッキを見わたした。深さ三〇センチに近い水が船尾肋材の辺りを洗っていて、肋材そのものが危険なほど低く沈みこんでいた。マーゴットは乗組員三人の死体が、水の動きにつれて揺れる姿を目のあたりにして気が滅入った。

ボートは明らかに沈みつつあったが、原因は推測するしかなかった。手榴弾攻撃と機関銃掃射を受けて、船体に破孔が生じたに違いない。船底のポンプがまだ作動中なんて、いったい誰が思うだろう？　モーターの音がいまや不気味に途切れがちなことに、マーゴットは気づいた。

彼女は昔のことを思いかえした。子どものとき、彼女は両親と一緒にシドニー港の沖合でのセイリングによく行ったものだった。一家は香港製の沿岸用ヨール帆船34フィートを持っていて、ほぼ週末ごとに風の中に乗りだしたものだった。それは彼女の子ども時代のもっとも楽しかった思い出の一部になっていた。しかし、彼女が十歳の時に母親が乳がんに命を奪われたために、それは終わりになってしまった。一連の思い出は彼女の父親には辛すぎ、その後ほどなくヨットを売ってしまった。

それから長い歳月が過ぎたが、マーゴットは一家の帆船に手動の船底ポンプと救命胴衣が備えられていたことを覚えていた。NUMAのボートもポンプを備えているはずだ。彼女は操舵室に入り、狭い調理室へ下りていった。暗すぎて目で見えないので、手探りで辺りを探った。両手がまだ温かいコーヒーポットに触れたので、彼女は立ちどまった。フックに掛けてあるカップが見つかったので、温かいコーヒーをカップに注ぎ、その温もりを味わいながら貪(むさぼ)るように飲みこんだ。

ぶら下がっているバスケットのリンゴをいくつかポケットに押しこみ、サンドイッチがびっしり詰まっている小さな冷蔵庫を見つけた。ローストビーフとチーズを挟んだ一枚をがつがつと食べ終わると、もっと早く探さなかった自分を諫(いさ)めた。

元気を取りもどした彼女は調理室を通りすぎ、一組のベッドを見つけた。寝袋が三つ、下のベッドに置かれてあった。その一つのジッパーを開け、シャツを取りだして濡れたトップと着替え、軽いジャケットを重ねて身体を暖めた。

その部屋のほかの部分をうろつき回り、収納クローゼットと抽斗に出くわした。ロープの輪、救命胴衣、それにさまざまな用具が見つかったがポンプはなかった。マーゴットは救命胴衣の一つをつかみ、手で探りながら操舵室へ向かった。短い踏み段を上っていると、肩が狭い物置の取手に触れた。

間仕切りを開けて手を伸ばしたら、太いホースの輪が手に触れた。それを引っぱると、頑丈なレバーポンプが出てきたし、さらにそれはプラスティックのホースと繋がっていた。会心の笑みを浮かべて、彼女は操舵室の薄明かりの中で非常用ポンプを組み立てた。吸引ホースを水浸しの船尾デッキまで伸ばし、操縦室の窓を経て舷側越しに排出ホースを作動させた。

舵輪の脇に立って、マーゴットはポンプのハンドルを目いっぱい手前に引き、そして押し返した。抵抗が強まり、ゴボゴボという音とともに海水がホースの中を流れて舷側越しに吐きだされた。

「私たち、まだ沈みはしないわよ」彼女はハンドルを前後に動かし続けた。

二〇分ほどポンプ排水作業を続けてから、彼女は操縦席で一休みした。くすんだ灰色の夜明けが訪れ、わずかながら目が利くようになってきた。島影はないか、あるいは別の船はいないか見まわしたが無駄だった。雲は依然として不気味に黒かったが、このところ雨脚は弱まっていた。マーゴットは舵輪を操作し風を受けて船を走らせながら、やがてルソン島が窓一杯に現れるのをひたすらに願っていた。

彼女はさらに一時間ポンプを動かし続けたが、数分ごとに休みが長くなっていった。両腕がくたびれてしまったのだ。船尾デッキをちらと覗きこんで、捗っていると自分を納得させようとした。だが彼女の気持ちの昂ぶりは、モーター音がざらつきはじめたために萎えしぼんでしまった。船尾に乗りだしたとたんに、ディーゼル・モーターが途切れがちになりやがて止まってしまった。

死にいくモーターに茫漠とした海の不気味な静けさが取って代わり、その静寂をボートの縁を叩く水しぶきがわずかに乱しているに過ぎなかった。マーゴットは戸口に立ち、ボートが波間に沈みこんで、デッキの海水が一時的に後部の排水溝から消え失せるのを待った。

彼女は中央デッキを横切り、ハッチを引いて開けた。船内ディーゼル・エンジンが現れた。

噴き出す蒸気を避けながら下を見ると、衝撃的な光景が目に映しだされた。エンジンルームは半ば水に埋もれていた。マーゴットはモーターがこれまでずいぶん長く稼働していたことに驚いた。アルミニウムの燃料タンクはモーターの奥に押しこまれていて、タンクの水面下には銃弾の跡が縫いこまれていた。モーターに止(とど)めを刺したのは水に埋もれたせいではなく、燃料が海水に汚染されたためだと彼女は気づいた。

波が舷側越しに雪崩れこんできたのでデッキカバーをもとに戻し、急いで操舵室へ引きかえした。また水平線に目を走らせ、島影や別の船を必死に探した。見わたす限り茫漠とした濃い灰色の壁ばかりで、白く泡だつ山のような波頭が散りばめられているだけだった。

彼女は船底ポンプのところへ戻ってレバーを動かした。もっぱら、不安な気持ちを静めるためだった。動力を全面的に失ってしまっているので、ボートは波の力がなすままに翻弄された。マーゴットは時々、波があらゆる方向からボート目がけて殺到してくるような感覚に襲われた。さもない時には、ボートは激しくゆさぶられ、彼女は足をすくわれないようにするので精一杯だった。

船尾デッキはますます海水に洗われるようになった。マーゴットはポンプを押すのを一休みして、救命胴衣に手を通した。ボートの寿命は残りわずかだった。ただ今度は、船室に閉じこめられるつもりはなかった。

ボートには緊急救命筏が備えられていることを知っていたので、彼女は筏がふつう収められている、それらしい円筒形の収納庫を探した。船尾に見つからなかったので、舷側沿いに這いずって舳先へ向かい、押し寄せる波をあびてずぶ濡れになった。そこにも見当たらなかったので、ここにだけはあって欲しくないと願っていたある場所を見あげた。

操舵室の屋根に、緊急筏のファイバーグラス製の収納庫が載っていた。案じていた通り、収納庫は操舵室炎上の間に黒焦げになり、裂けてしまっていた。内部から出てきたねばつく黒と黄色の塊が——筏の残渣が——屋根ぜんたいにへばりついていた。敗北の沈む思いを胸に、マーゴットはよろめきながら操舵室の中へ戻り、船底ポンプをまた動かしはじめた。

ボートの緩慢な死は二〇分後に訪れた。大きな波が一つ舷側越しに降りそそぎ、船尾はそれを最後に水中に葬られた。舳先は空を指して立ちあがり、ボートは波間の下へ滑りこみだした。マーゴットはその弾みを利用して操舵室から抜けだして、腰の高さまである海水の中に入っていった。数秒後に、ボートは彼女の下で沈みこんでいった。

一筋の雷鳴が頭上で鳴りわたり、ふと気づくと、マーゴットは茫漠たる海にただ一人浮き沈みしていた。これほど侘びしさに襲われたのは生まれてはじめてだった。

27

「どうしてこんなことになったのだ？」ゼンの口調は冷静だったが、その目つきはまるで火のようだった。

「あの女は……あの女は武器を持っていたんです」コマンド隊員はつぶやくように言った。彼の顎の左右は赤く腫れあがっていた。マーゴットの仕業だった。一言口をきくたびに痛みが走った。しかし、包帯をして吊るしてある左手の疼きにはくらべものにならなかった。

「棍棒か？」

隊員は顔をそらした。

それはゼンが望んでいた反応ではなかった。彼は前へ踏みだし、左足で相手の尻を蹴りあげた。その一蹴りで隊員は船橋のデッキに大の字に転げた。「お前はこの隊の恥さらしだ。俺の目の前から失せやがれ」

隊員はあたふたと立ちあがり、足早に側面のドアから出ていった。ゼンは副官である、例の頭の禿げあがった隊員ニンのほうを向いた。「お前はまだあの女を見つけていないのか?」

「まだです。船のボートや筏は無くなっていませんし、この時化をついて逃げだしたとしたら狂っている。どこかに隠れているに決まっています。きっと見つけだします」

二時間がかりで船の隅々まで調べた結果、彼の間違いだったことが明らかになった。その知らせを受けるなり、ゼンは運航管理室へ出向いた。そこにはソーントンが依然として拘束されていた。「あんたの娘が行方不明になった」ゼンは知らせた。鉱山技師の目は満足げに煌めいた。彼は自分を椅子に縛りつけているロープにちらっと視線をはしらせた。「娘は見かけていないが」

「どこに隠れた?」

「娘は船に乗りこんできた連中と一緒にいたくなくて、ルソンへ向かっているのだろう。娘は泳ぎが達者だから」

ゼンは腰のQX‐04ピストルの握把をまさぐったが思い直した。彼はニンを脇に従えて運航管理室を出た。「乗組員たちに問題はないか?」

「はい。奴らは依然として閉じこめてありますので。心配は無用かと」

「警備員を二名、常時ソーントンにつけておけ」ゼンは命じた。「あの女はいずれ奴に会いにくる。もしも船内にいるなら」

ゼンとニンは波に揺さぶられながら船橋へ向かった。視界は辛うじて二キロそこそこで、空は灰色で土砂降りだった。

ゼンは操舵士のほうを向いた。「ＮＵＭＡのボートらしきものを見かけなかったか？」

「いいえ、隊長」

「あのボートは確かに炎上して沈みました」ニンが知らせた。

ゼンは一瞬考えこんだ。「あの女が乗っていたとしたらどうなる？」

「あのボートはひどく傷んでいました。せいぜい、数キロ漂ったのちに、女はボートもろとも沈んだことでしょう」

ゼンは海図テーブルに近づき、海峡の地図を検討した。彼は自分たちの地点から台風が進行中である北西方向を、一本の指でなぞった。辛うじて小さな島が二つ、三〇キロ以上も前方にあった。彼はその二つの島を指でさした。

「海が凪いだら、小隊にこれらの島を調べさせろ。あの女の死を確認したい」

28

マーゴットは死んではいなかった。しかし彼女は一瞬ごとに、死にじりじりと近づきつつあった。水温は二七度近くあったが、風や波浪のせいで彼女は低体温に陥る危険があった。軽く水を掻きながら、吹き寄せる風と波に背を向けるようにした。なにやら内なる声が北へ向かえと命じたが、疲れすぎていて直進できなかった。彼女は海とそのあらわな猛威に翻弄されていた。

風は和らぎ、それとともに、波頭も低くなった。しかし、依然として高いうねりが、痛めつけるように定期的に彼女の頭上を洗った。そうしたくり返されるずぶ濡れ状態に、一息入れる望みは叩きつぶされた。濡れた髪を風に揉みくちゃにされ歯は音をたて、彼女は耐浸水服かせめてウエットスーツをNUMAのボートで探すのだったと悔やんだ。

まず嵐の海に恐れを抱いたが、小突きまわされているうちに気持ちが滅入ってきた。

波が殺到するたびに彼女のエネルギーは吸い取られ、生きのびようとする意欲はすり減っていった。彼女は初期の譫妄(せんもう)状態に踏みこみはじめた。頭上の灰色の雲を見つめ、その黒い力に吸い寄せられた。しばらくすると、昇っていって雲に触れられるような気がした。雲間を駆けめぐりたくなった。両手両足がばたつき彼女を誘おうとしたが、それは叶(かな)わなかった。彼女はもっと近づきたかったが、なにかが彼女を押しとどめた。それはかさばった彼女の救命胴衣だった。

彼女はそれを脇に脱ぎすて、両手を天に向けて高くさし伸ばした。しかし、雲間で踊るどころか、彼女は海面下に滑りこんでしまった。息をしようともがいているうちに、彼女は感覚を取りもどし、足を蹴って海面へ向かった。一つ大きく息を吸いこみ救命胴衣を探したが、もう視界の中にはなかった。いっそのこと、このほうがよかったのかもしれない。いまや、音もなくただ押し流されるだけで、いっさいのけりがつくのだから。

彼女はまた空を見つめ、目を閉じるとしばらく泳ぎ続けた。手足がくたびれたので、彼女はその時が来たと決めた。目を開けると最後の息を吸い、波に襲われ力なく倒れた。だが、水に飲みこまれる一瞬前に、なにかが彼女の目をとらえた。

それは波間から突き出ている男の上半身だった。

29

本当かしら？　マーゴットは信じきれなかったが、本能的に足を蹴って海面を目指した。目許の水を振りはらいながら、彼女はいまや男性ではなく、少し離れた水中の黄色い物に目を向けていた。近くで水の跳ねる音がし、大きな波が彼女の頭の上で逆巻いた。

マーゴットは水を吐きちらしながら浮きあがると、ダーク・ピットが隣にいた。彼は彼女の片方の腕をつかみ、冷静な笑いをちらっと浮かべた。

「寂しい場所だ、一人で泳ぎに出るには」

マーゴットはうなずいたとたんに、彼の肩のうえに倒れこんでしまった。

ピットは女性を片手で抱えこみ、横泳ぎでスティングレイ艇へ向かった。黄色い潜水艇は水中に深く坐りこみ、そのトップハッチの周りを洗う波に揺られていた。ジョルディーノは頭を突き出し、その逞しい身体で高波が中になだれこむのを塞いでいた。

ピットは艇に沿って泳ぎ、マーゴットの身体をハッチのほうへ押しだした。ジョルディーノは艇から出て、その縁を片手でつかんで支えにした。身を乗りだすと、片方の腕をマーゴットの下に差しだした。

生まれついての体力を誇るジョルディーノは、海中から彼女を掬(すく)いあげ、自分の隣にまっすぐ立たせた。「部屋はあるが、一時に一人しか収まれない」彼は知らせた。

「一人で下りられますか？」

彼は同意を待たずに彼女を抱きあげ、開口部から下ろした。彼女は艇内デッキにくずれるように倒れこんだ。ジョルディーノは向きを変え、ピットのほうに腕を突き出した。その瞬間に、打ち寄せ波が襲いかかり、二人を洗い流しそうになった。ピットはジョルディーノのクレーンのような腕の先端につかまって海中から現れた。ジョルディーノはハッチを飛びおり、ピットがそれに続き、ハッチを閉めて荒れ狂う海から自分たちを断ち切った。

マーゴットはデッキに横たわっていた。男二人は彼女を持ちあげて副操縦士の席に坐らせた。彼女は周りを見回しショックと疲れを振りはらったが、震えを止めることはどうにもできなかった。

ピットは薄手のジャケットを見つけて彼女の肩に掛けてやり、ジョルディーノは水のビンから一口飲むように勧めた。「あいにく、ドーナツと熱いコーヒーを切らしたばかりなんだ」

彼女は呆然と二人を見つめた。「なにを……なにをここでしていらっしゃるの？」

「われわれは水中調査をしていたのですが、不意に激しい潮の奔流に襲われて海底を転げていったんです」ピットは知らせた。「まずいことに、電動装置の大半は故障してしまった。なんとか浮上したものの、カレドニア号の姿らしきものをまったく目撃していない」ピットは探るような眼差しで彼女を見つめた。「もっと肝心な質問、なぜあなたは台風の最中に泳ぎまわっていたんです？」

マーゴットは頭をふり、考えを整理しようとした。どこから話しはじめたらいいのか見当がつかなかった。

「彼らがメルボルン号に乗りこんできて、一等航海士と機関長を殺した。彼らが私の父を捕らえています」彼女はジョルディーノが勧めた水を一口すすった。「私は自分の船室から脱出してテンダーボートに隠れたのですが、彼らはテンダーボートを海に下ろしてしまった」

「何者なんです、メルボルン号を乗っ取ったのは？」ピットが訊いた。

マーゴットは肩をすくめた。「コマンド隊員です。中国人、と思います。彼らはなんの目印もない制服を着ていて、がっちり武装しています」

「なぜあなたたちの船を襲ったのだろう？」

「分かりません。ダイヤモンドのせいでしょう、たぶん。船の探鉱能力が欲しかったのだろう、と父は考えています」

ピットとジョルディーノは顔を見あわせた。

「父上は無事なのですか？」ピットが訊いた。

「と思いますけど……」涙が彼女の目にあふれた。「彼らは父をひどく痛めつけましたが、父は強い男です」彼女はどちらの男性も打ちすえられた顔をしており、ジョルディーノは頭に血染めの包帯をしていることに気づいた。

「あなたのボートに何があったのです？」ピットが訊いた。

「船室を脱出後に、デッキで人声を聞きつけました。私はテンダーボートに隠れようとしました。ところが彼らは、そのボートを舷側越しに下ろした。ボートはみなさんの船から下ろされた小型ボートに向かい、私は船縁にしがみついていました。ボートの名前を見ました。カレドニア2号」

「そうです」ジョルディーノが言った。「われわれのレスキュー・テンダーです」

「みなさんの船に何があったのか知りません」彼女は言った。「見掛けてもいません。

NUMAのテンダーボートは三人載っていて、所定の場所で待っているようでした」

「われわれを待っていたのです」ジョルディーノが静かに言った。「カレドニア号は呼び戻されたに違いない」

彼とピットは二人とも、ステンセスは特異な状況でなければ潜水艇を見捨てないことを知っていた。紛れもなく、メルボルン号上の中国のコマンド部隊はNUMAの船が直面している事態を知っているのだ。

「それからどうなりました？」ピットは訊いた。

マーゴットは目を固く閉じてから話しはじめた。「ボートに乗っていたコマンド隊員たちが三人を撃ち殺しました。三人にチャンスはまったくなかった」彼女は思いだし首をふった。「彼らはボートを撃ちまくり——そのうえ火を点けた。そのころ、波に襲われて私は船縁から突き落とされたものの、すっかり怯えてしまいボートにもどる気になれなかった。私も殺されると怖かったのです。それで水中に留まっているうちに彼らが立ち去ったので、NUMAのボートめざして泳ぎました。私はボートの火を消し、しばらく航走できたのですが、やがて沈んでしまいました。私は溺れかかり……」彼女の声は先細り、ピットを見あげた。

「アルが誓って人魚が通りすぎたというので、彼の間違いを証明してやろうと上にのぼったんです。出会えてなによりでした」

「助けを呼べますの？」彼女が問い返した。

「無線や電気装置の大半は、われわれが海底を転げまわっているうちに壊れてしまった」ジョルディーノが知らせた。「たぶん、おれの脳細胞もいくつか失われただろう」彼は側頭部をなでこすった。

マーゴットは疲れはてて肩を落とした。覗き窓の外に目を転じ、潜水艇に当たって打ち砕ける波を見つめた。

「すべてが失われたわけではない」ピットは操縦席に坐りこんだ。「まだ多少なりと推進力があるし、バッテリーに何時間分か余力が残っている」

「それに加えて、ルソン海峡の深浅測量図がある」ジョルディーノは備品の中に見つけ隔壁に貼っておいた海図を指さした。「残念ながら、俺たちの現在地点は分からないが」

「マーゴットが力になってくれるかもしれない」ピットはそう言った。「おぼえているだろうか、NUMAのテンダーボートに乗りこんで発進した時間を？」

疲労困憊（こんぱい）の女性は肩をすくめた。「遅かったわ、真夜中ごろかしら」

「船の速度と方向の見当はつきますか？」

「ボートはアイドリングを辛うじて上回る程度で走り続けました。風を背に受けて操縦しました。どれくらいが経ってから、エンジンが止まってボートが沈んだのかは覚えていません。三時間か四時間ぐらいでしょうか？」

ピットは手首のドクサ潜水時計のオレンジ色の文字盤をちらっと見た。「六時間で、時速五・五キロとしよう。するとわれわれが潜水した地点から三三キロになる」

彼は海図を指でたどって、自分たちの現地点を割りだした。そこは青い海に取り囲まれていたが、西側に小さな斑点が二つだけあった。

「俺たちかなりついているぞ」ピットは言った。「小さな二つの島が海図に示されている。おそらく二〇キロ以内だろう。もっとも、台湾までは長旅だが」

「本当に長いぞ」ジョルディーノが言った。「風や流れが変わった日には」

「それこそ島暮らし」ピットは生き残りのスラスターを作動させ、潜水艇を西と思われる方向へ向けた。

潜水艇は揉みしだかれながら沸き返る海を這いずっていった。マーゴットは椅子に身体をすり寄せたちまち眠りこみ、ジョルディーノは電気の消費量を確認した。ピットは安定した操縦を維持し、波たちさわぐ海を敢然と突き進んだ。彼は自分たちの危険な状況を無視していた。彼の眼中には一つのことしかなかった。

強烈な嵐や中国のコマンド隊の出現騒ぎの最中に、カレドニア号はまだ浮いているだろうか？

30

　NUMAの調査船はまだ浮いていたが、まさに辛うじてにすぎなかった。その船尾は低く沈んでいた。脅えて尻尾を垂れているハウンド犬さながらに。しかしいまやカレドニア号は、その命を脅かしていた荒海を抜け出ようとしていた。依然として不屈の黒いタグボートに牽引されてはいたが、調査船は台湾の南の先端をよろけながら迂回して、岸辺に近い穏やかな浅瀬にある高雄市の港に近づきつつあった。

　調査船が嵐の最悪の海域から解放されると、こんどはほかのタグボートや救助船が駆けつけた。ポンプや発動機がそれらを操作する係員と一緒に船内に運びこまれ、水浸しの隔室に新たに攻勢をかけた。短時間のうちに、カレドニア号の損傷個所は修復された。船が高雄市に着き、民間の埠頭の北の外れにある乾ドックへ曳行されるころには、喫水が一メートル半ほど高くなっていた。

　曳行用ロープを回収した黒いタグボートは、波が黒ひげの船長から遠のくように現場から離れはじめた。ほかのタグボートは救助活動の最後の一端を担うために進み出て、側面や船尾に位置取りをし、船を水を張った乾ドックに押しこんだ。

ステンセスは船橋ウイングから見つめていると、船が船渠の中央に収まり固定された。こんどは、底面と側面だけの閘室を満たしている水が圧搾空気で吸いあげられた。船と乾ドックがじりじりと港の海面より高くなると、カレドニア号の機関長で、身体つきのがっしりしたテキサス人のホーマー・ジャイルズが船橋ウイングへ入っていった。彼はぐしょ濡れで、顔はオイルまみれだったが、明るくすっきりとステンセスに微笑みかけた。「やりましたね、サー。無事船を帰港できた。私の見るところ、機関室の大半も救えた」

「ちょっとした奇跡だ」ステンセスは機関長を見つめ首を傾げた。「どういう意味だね、機関室のことだが？　水浸しで二、三時間前に封印された、と報告を受けたが」

「確かにサー、閉ざされました。われわれはあそこで使えるポンプを総動員しました。私とホッブスはあそこに留まり手動ポンプ二台で排水に加わった。われわれはタービンを水から護るために最善を尽くしました。なんとかやってのけたつもりです」

「よくぞやってくれた、ジャイルズ」ステンセスは機関長の背中を軽く叩いた。「すぐに分かるさ、船が持ちあげられて水が引けたら。身体を洗って、少し休むがいい。

数時間後には、全船点検ができるだろう」

「アイ、サー。お言葉通りにいたします」ジャイルズは隣接する昇降階段を、くたびれ切ってよろめきながら下りていった。

ステンセスは船がまだ港から持ちあげられている段階で、修復計画を港湾長と相談した。補強されたポンプが満水の閘室の排水をはじめると、船長は機関室を覗きビデオ会議室へ向かった。

行ってみると二等航海士のブレイクが、ワシントンのルディ・ガンとビデオコール中だった。NUMAの次官は皺のよったオックスフォードシャツにノーネクタイで、散らばっているコーヒーカップの奥に坐っていた。まるで何日もビルから出ていないようだった。

ガンは画面に登場したステンセスを見つめた。「見通しはどうだ、ビル?」

「船は大きな損傷はなく命拾いしたようです」ステンセスは報告した。「しかし、潜水艇一艘と救助用テンダーが一隻、いまだ行方不明です」

「ああ、ブレイクが現状を説明してくれた。われわれはすでに沖縄の海軍に、P-3オライオン偵察機を問題の海域へ派遣するよう要請ずみだし、海軍はフリゲート艦を一隻急行中。台湾の沿岸警備隊にまた圧力を掛けるつもりだし、われわれは衛星探査をはじめた。必ず見つけてやる」

ステンセスは渋い顔をした。「こっちの天候は依然としてひどいものだ、ルディ。台風級の風が吹いている。地元の者は誰も外に出ようとしない。航空機はあまり視認できないのでは？　明日かその辺りに天気が収まらないと」

「それが支援船のＧＰＳ信号にも影響しているようだ」ガンは推察した。

ブレイクは首をふった。「信号が途切れてからかなり経ちます。無線もそうですが。それ以来まったく信号はありません」

「それに、ピットからも連絡がないのか？」ガンは訊いた。

「一言も」ブレイクは答えた。

ガンの顔が青ざめた。彼はＮＵＭＡが設立された時に、ピットと一緒に参加した仲だった。彼にとってピットは、たんなるボス以上だった。彼は友人であり、気になるもっとも身近な存在だった。

「台風であろうとなかろうと、もしも俺が責任者ならがっちり捜索をするのだが」ガンは怒りを振りはらおうとした。「なにが起こったと思う、ビル？」

「船尾を引き裂くような何かが」ステンセスは答えた。「おそらく外部での爆発でしょう。私がお知らせできるのは、例の探鉱船、メルボルン号があの時点で八〇〇メートル先にいたこと、それにわれわれの苦境になんの反応もしなかったことにつきる」

「彼らが原因だと思っているんだ?」

「そうです。それで、ピットとジョルディーノのことがいっそう心配になってきました。それに救援船のことが」

「メルボルン号の現在地は?」ガンは訊いた。「その場に留まっているのか?」

ブレイクは自分の前のラップトップを叩いた。「民間のAIS追跡装置からは発信がありません。彼らは行方不明なのか、潜んでいようとしているのでしょう、どこにいるにせよ」

「連中がわれわれと同じものを追い求めている可能性がある」ガンが言った。「しかし、君は言ったよな、オーストラリアの船だと。中国のではなく」

「その通りです」ステンセスは答えた。「個人の所有で、オーストラリアのソーントンという鉱山会社のものです」

「探鉱船……」ガンは言った。「たとえ彼らが価値ある水中物件を見つけたとしても、なぜ海洋調査船を襲うのだろう?」

「分かりかねます」ステンセスは首をふりながら答えた。「しかし、きっと理由があるはずです。しかも、れっきとした理由が」

31

潜水艇の三人は、ずっと疲れが抜けなかった。マーゴットは副操縦士の席で深く眠りつづけていた。ピットとジョルディーノはそんな贅沢にはありつけなかった。彼らは時間と闘っていた。もっと正確には、船のバッテリーの残る出力と闘っていた。いったんバッテリーが切れてしまったら、彼らは海のなすままに翻弄される。ふだんなら、船舶の交通量は近くの南中国海や台湾海峡辺りで多いのだが、台風のせいで大半の船は針路を北と南へ変えているはずだった。もっと悪いことに、ルソン海峡の主な海流は総じて北東を指していた。台風が通過するにつれ、スティングレイ艇は新しい方向、台湾の東へ流されかねなかった。その交通量の少ない海域では、彼らは何週間も目撃されずに漂流する恐れがあった。

そのことを心得ていたので、ピットとジョルディーノは疲れてはいたが神経を集中していた。ピットは逆巻きうねる海の西へ潜水艇を向け、通りがかりの貨物船は無理としても、せめて島影でもと期待をかけてカタツムリのペースで西へ走らせた。

ピットが操縦席で海と戦ういっぽう、ジョルディーノはトップハッチの梯子の踏段に立ち、上半身を風雨に晒しながら水平線に目を走らせていた。巨大な波が船体の低い潜水艇を洗いつづけた。まるでびっくり箱のように、波が襲うたびにジョルディーノはひょいと身体を沈めハッチを引いて閉め、波が行きすぎるとまたひょいと立ちあがった。ままあることだが、彼はつぎに襲ってくる波をまともに受けて脅かされた。塩水を滴らせながら、浴びた水を温かいシャワーのように振りはらってはまた救いを探しもとめた。

彼は波の一つを屈みこんで躱し、バッテリーの消費量を確認した。胃が大きな音をたてた。

ピットは自分も腹をすかしているのを思いだした。「はぐれマグロでも捕まえたらどうだね、こんど波間で一踊りしながら?」

「奴らは賢くて、白波のずっと下を泳いでいるんで」ジョルディーノは電圧計を軽く一回叩いた。「バッテリーが約一五パーセント減った」

ピットはうなずいた。「期待以上に長く持ってくれた。どうだろう、あと一〇分稼働させて、残りの分を取っておいては?」

「それはまさしく妙案だ」

ジョルディーノはまた梯子に上り、潜水艇の揺れが一瞬やむのを待って、あらためてハッチから上半身を突き出した。

彼の周囲は薄墨色にぬりこめられていた。灰色のスコールを途切れ途切れに降り注いでいる薄墨色の雲が、石灰色の海の頭上に漂っていた。ジョルディーノは霧にかすむ水平線を見わたし、なにか変化はないか探した。突風のもたらした水しぶきに顔を打たれ、彼は瞬間的に、目つぶし状態になった。塩水をぬぐい取っている時に、遠くのなにかが彼の目をとらえた。緑色の一つの点。

それがなんであるのか、確かめるチャンスはなかった。波が二つ艇尾近くに寄せてきて、上甲板を洗い流していった。ジョルディーノは水まみれで艇内に飛びおり、音高くハッチを閉めた。

「室内水泳プールが恋しくなったか？」ピットが声を掛けた。

ジョルディーノは頭の水を振りはらった。「ほんとうの話、いままさに砂漠に向きを変えるのはいいアイデアだと思っていたところさ。ここを抜け出たら」

「君はサーフィンが懐かしいんだ」

「そんなところかな」彼はまた梯子に上った。「頼むから、動力のあるうちに針路を三〇〇度に取ってくれないか」

「なにか見えたのか?」

「たぶん幻覚だろう」

ピットは故障した電子装置のコンソールの下に取りつけられた、予備のバブル・コンパスの助けを借りて針路を修整した。

ジョルディーノは風雨の中へ引きかえし、しきりに打ち寄せ襲いかかる波を無視して目を凝らした。スコールは猛然と空を駆け抜け、灰色のカーテンに視界は包みこまれた。数分後に、潜水艇は土砂降りの中に入ってしまった。ジョルディーノは彫像と化して前方を見つめつづけながら、左右の腕と上半身を使って雨が艇内に降りそそぐのを防いだ。雨粒が激しく降り、金属的な音をたてて潜水艇を叩き、ジョルディーノの無防備の頭に襲いかかった。

じょじょに、豪雨は弱まった。西の空が明るくなり、やがて雨脚が強めの霧雨になった。それにつれて、ジョルディーノの視界は広がった。

緑色の小さな塊が彼らの行く手に現れ、霧の中に姿を消した。ジョルディーノは平手で潜水艇のトップをぴしゃりと叩き笑みを浮かべた。幻覚などではなかった。

彼が前方に目撃したのは陸地だった。

32

ノースアイランドは幅が一・五キロほどしかなく、典型的な円錐形のシルエットを描いて立ちあがっている。それは人にほとんど忘れ去られたフィリピン列島で二番目に北寄りの島で、一番目の名誉は数キロ離れたマウディス島という大きな陸塊にあたえられていた。ノースアイランドの東側の急斜面は背丈の低い雑草のみずみずしい緑に覆われていたが、黒っぽい沿岸は水際の険しい岩壁を暗示していた。

ピットは見晴らし窓に飛び散る降りつづく雨と波しぶきを通して島を垣間見、そして首をふった。「海岸は高い岸壁なので、この気象状態で近づくのは気乗りしない」

ジョルディーノは同意した。「歓迎の絨毯が、こっち側の沿岸にはまったく見あたらん」

「風下の状況はもっとましだ、と期待することにしよう。行けたとして」

彼らのバッテリーの出力は急速に落ちこんでいた。ピットはスラスターへ送る動力を切って、風と潮流任せに自分たちが島へ近づくのに賭けた。嵐は北西へ吹き続けており、潜水艇が東岸へ近づいたので、彼はすばやく動力を送りこんで北へ向かわせた。後は波がやってくれた。彼らは島の北の岬を回った。

ジョルディーノはオープンハッチのもとの位置に戻り、ピットに危険な岩を知らせ針路の変更を告げた。艇内にいるピットの視界は波に遮られがちだった。島の北の岬を回りながら、ピットは潜水艇の針路を海岸沿いに取った。スティングレイ艇の舳先は回ったものの、艇の前進は停まってしまった。ピットはすぐさまそれに気づいた。それが証拠に、彼らは海岸から遠ざかりつつあった。

「推力切れだ」彼はジョルディーノに声を掛けた。「バッテリーはまだ余力を示しているが」

波のために向きが一転したせいで、島が自分たちから遠ざかりつつあることをピットは垣間見た。

ジョルディーノは艇尾のそばに緑色の塊を目撃した。「俺たち嵐に千切(ちぎ)られたコンブの床に突っこんだようだ。きっとスラスターが詰まったのだ」

ピットが反応する前に、ジョルディーノは艇外に出て舷側越しに飛びこんだ。彼は潜水艇の横に浮上すると、水を搔いて船尾の複式スラスター装置へ向かった。水中に潜ると、外部スラスターの二つが、潜水艇が転がっているうちに曲がってしまったのが見て取れたが、中央の三つの装置はいまも無事だった。彼の予測どおり、いずれにも船尾の波にもまれて羽根車に押しこめられたコンブの塊が詰まっていた。

彼は雨に湿った新鮮な空気を一息求めて浮上するとまた潜って、ねばつく緑色の房を各装置から丁寧に取りのぞいた。それは片手での作業だった。波にさらわれないように舵の架台に片方の腕を巻きつけて、彼は潜水艇に貼りついていた。

最後の邪魔ものを取りのぞき脚を蹴って浮上していると水中に光が飛び散り、強力な波に彼はスティングレイ艇から引き離された。ふり向くと繋留ロープが水を打ち、ロープは潜水艇のハッチまで伸びていて、ピットが反対の端を握っていた。ジョルディーノはロープをつかみ、艇の脇までピットに引き寄せてもらった。通りすぎる波に助けてもらいながら、彼はあたふたと艇に這いずり上がった。

ピットは笑みを浮かべた。「羨んだのか、君はマーゴットや俺みたいに水浴びしていなかったので？」

「いや、浜辺での宴に後れを取りたくなかっただけで」ジョルディーノは島のほうを向いた。

ピットは梯子を下ろした。「砂浜があるといいが」

ジョルディーノはハッチのもとの場所に陣取り、ピットは操縦席に滑りこみスラスターを作動させた。潜水艇はまた前進した。ピットは潜水艇を横波に向け、風下側の島の入江を探した。じりじりと数分進むうちに、強風はしだいに和らいだ。ピットは島の西岸を、波打際のすぐ手前沿いに走行した。覗き窓は依然として波に洗われ、彼はジョルディーノの指示に頼らざるを得なかった。彼がときおり目撃する沿岸は、いまだに殺風景な岩だらけの海岸線ばかりだった。

「徐行」ジョルディーノは声を掛けた。数分後に、彼はまた知らせた。「小さな入江が現れた。その先には、もっと有望な場所は見当たらん」

「当たってみよう」ピットは応じた。「動力も切れかかっているし」彼は電圧計の点滅している数値を無視しようとした。

ジョルディーノが指示した方向に従って、彼は島の岩だらけの海岸線に刻まれた馬蹄形の切り口のほうへ向かった。高く逆巻く波が、白いバリケードさながらに海岸線を打ちすえていた。二人とも未知の浅瀬は危険で、砕ける波の真ん中で船が座礁する恐れのあることを心得ていた。

周囲一帯は波乱ぶくみなので、ジョルディーノは慎重に航路を選び、針路の修正をピットに伝えた。

制御の利きが悪くなった。磯波が逆巻いているせいだ。波がつぎつぎに彼らの周りや頭上で砕け、ジョルディーノに叩きつけられ、艇内に塩水が流れこんだ。

ピットには島影がまったく見えなくなってしまった。覗き窓が泡に包みこまれてしまったのだ。彼は制御装置の設定を保持し、ジョルディーノの指示にしたがって針路を微調整した。潜水艇は前後に揺さぶられた。艇体はある場所では柔らかい砂をこすり、別の場所では海底の岩に音高くぶつかった。

波動にゆさぶられて潜水艇が傾き、ジョルディーノはハッチから投げだされそうになった。大きな波が近づいて来るのを目撃し、彼は梯子を下りハッチを閉めた。その数秒後に波は彼らの頭上を襲った。

艇内は一瞬闇に包まれた。やがて潜水艇はバランスを取りもどした。ピットの冷静な声が暗がりの中を静かに漂い流れた。「これが君の言う、簡単な乗り入れ方なのか?」

「誰かが案内図にサンゴ礁を書き忘れたんだ」ジョルディーノは応じた。

彼はその場に留まったままだった。潜水艇はたとえ最高の条件下でも、磯波の列と戦う力を欠いていた。

スティングレイ艇は激しく前後に揺さぶられつづけていた。何度も、彼らは艇体が岩礁やサンゴをこする音を聞き、感じもした。ある折に、スティングレイ艇は岩壁にぶつかったらしく、数秒間、身動きが取れなかった。しかし、やがて波動のせいで艇は解放され、海岸のほうへ押し寄せられた。

マーゴットは揺れにはっと目覚め、覗き窓を覆っている黒っぽい泡に目を留めた。

「どうなっているの？」

「アルが陸地を見つけてくれたんだ」ピットは知らせた。「そこへたどり着こうとしているところさ」

ジョルディーノは潜水艇が安定したので、ハッチから外を覗いた。その一瞬後に彼は艇内に下りた。波が彼らの頭上を逆巻いていった。「最悪の磯波は切り抜けたようだ」彼は言った。「しかし、入江の入口を行きすぎる危険がある」

彼らはそれから何分か、揺さぶられ叩きつけられたが、やがて海は穏やかになった。覗き窓の外に狭い入江の入口が目に映った。ジョルディーノは航海士の席に戻った。

「全力で港へ向かってくれ」彼は声を掛けた。

ピットはスラスターを始動した。バッテリーの残り僅かな力が振り絞られ、彼らは所定の方向へ数メートル前進した。その結果、彼らは入江の開口部と一直線上に並んだ。波に押されて、潜水艇は残りを進んだ。潜水艇は漂いながら入江の短い砂地を通りすぎ、苔に覆われた岩場の近くの海底に接地した。

ジョルディーノは浅瀬に飛びおり、係留索を玉石の一つに縛りつけた。潜水艇に引きかえすと、ぐったりしているマーゴットを砂浜へ連れて行ってやった。

ピットは二人の後を追った。彼は後ろのハッチを閉めると、潜水艇の上に立った。一瞬、舳のほうに視線を落とした。穏やかな水越しに、スティングレイ艇の前部スキッドが見えた。信じかねたが、あの中国製ミサイルの一部が装置の腕にがっちりと捉えられていて、激動の旅の間も損なわれずに生き残っていた。

ピットは潜水艇を下り、水を掻き分けて岸へ向かった。そこではマーゴットとジョルディーノが待っていた。強烈な風が海岸を吹き抜け、狭い砂地に密生している木立や灌木を揺さぶった。彼が砂浜に足を印したとたんに、雲が裂けて豪雨が彼らの頭上に降りそそいだ。

ジョルディーノは片方の腕をマーゴットにかけて雨の中に立ち、ピットに微笑みかけた。ジョルディーノはずぶ濡れで、水浸しの葉巻の先が口許から垂れさがっていた。

「俺たち陸地にたどり着いたぞ」彼は言った。「すごいんじゃないか?」

第二部

33

インド行きの旅券二通が台北桃園国際空港でダークとサマーを待っていた。やがて二人は同空港からニューデリー行きの直行便に乗った。インドの首都に夕方到着、その夜は空港のホテルで過ごし、朝のコミューター機でダラムサラ市へ向かった。ニューデリー市の北四〇〇キロにあるダラムサラは小さな都市（まち）で、ヒマラヤ山脈の麓のカングラバレーの丘陵地のうえのほうに建っていた。高地であるし、背後には険しい峰々がそびえ立っており、その地域はデリーやカルカッタの暑苦しい夏を逃れる避暑地として、イギリスの住民たちに好まれていた。最近、ヒマラヤ山脈で自分の気力を試そうとするトレッカーや登山者たちに、基地として人気があった。しかし、なによりも世界中の仏教徒の巡礼の場所として知られている。彼らの願いはダライ・ラマを一目なり拝むことで、彼の住まいは丘のすぐ上にあった。

数キロ南の低い谷間にあるカングラ空港に下りたち機外に出たダークとサマーは、

爽やかな晴れあがった日に出迎えられた。北側には雪に覆われた峰の連なりが、砂糖をからめたピラミッドの列のようにサファイヤ色の空を抉っていた。

「山脈を見て」サマーは言った。「素晴らしいわ」

「雪の棲家」ダークはヒマラヤを指すサンスクリット語の表現を引用して応じた。「まさしく名声通りだ」

二人はそれぞれのバッグとトクチャーの彫像が収まったケースを回収すると、空港の玄関でタクシーを拾った。汚れたコンパクトなニッサンの運転手は控えめで口数少なく、高みにある谷合を八キロほど上って中腹に広がる町へ出た。彼らは市中のでこぼこの舗装道路を走り、込み入っている中心街やさまざまな商店や茶畑を曲がりくねりながら通りすぎた。

車は町の北の外れを抜け、つづら折りをくり返しながら上り続けて、樹木に覆われた頂に建っている狭い地区、マクロード・ガンジを目指した。タクシーはダークとサマーを小さいがモダンな、深い杉の森に佇むインペリアルという名のホテルに下ろした。二人はそのホテルのレストランで、カレーとタンドーリ・チキンの昼食を手早くすませ、彫像のケースを携えて通りに出た。

サマーは観光地図で町を調べた。「ホテルの事務員は、チベット博物館まではほんの二ブロックだって言っていたわ」

「歩くのはありがたい、ずっと飛行機に詰めこめられていたんで」ダークは言った。

彼らはホテル周辺の森林地帯を抜けて丘を下り、町の中心部へ向かった。マクロード・ガンジという変わった名前は、インド総督だったイギリスのサー・ドナルド・マクロードと、隣人を意味するペルシャ語の ganj から来ていた。

ダークとサマーはほかの面でも変わっていると思った。建物は彼らがこれまで見てきたインドのほかの町と同様にくすんでいたが、道行く人たちは違っていた。赤い僧衣をまとったチベット僧たちが、西欧の観光客、長髪のバックパッカー、それにさまざまな国から来た巡礼者たちに混じっていた。活気に満ちたカフェ、ホステル、さらにはB&Bが、奥地へ向かう大勢の人たちをもてなしている。チベット亡命政府の所在地であり、ダライ・ラマとの結びつきから、マクロード・ガンジはリトル・ラサとも呼ばれていた。

町中の南で、彼らは二叉路（にさろ）に出た。サマーはジーンズにモンクレーのベスト姿の若い女性に歩み寄った。「チベット博物館の場所、ご存じでしょうか？」

「ええ、ダライ・ラマのツォクラカンと呼ばれる住まいの中にあります」女性は答えた。「この道沿いに丘を下った右手です」

サマーは女性に礼を言い、歩いていくうちに二人はある門に入るための行列に出会った。大きな緑色の看板がツォクラカンの入口と明示してあった。彼らが入館チェックを受けている際に、係員たちはダークの持っているケースに目ざとく注意を向けた。

「ここがダライ・ラマの住まいなのか？」ダークは華麗な色彩のさまざまな建物を見回しながら言った。

サマーはうなずいた。「同時にここには修道院もある。ガイドブックによると、敷地と寺院二つは公開されているそうよ、博物館と同様に」

彼らは敷地を横切りはじめた。ダークは始動せずに空回りしているエンジンの唸りを聞きつけた。側面の通用門越しに、古びたステークベッドの小型トラックの運転席で、法衣に身を包んだ僧がスターターをひねくっているのが見えた。

とっさに勘が閃き、彼は真っすぐトラックへ向かった。近づいた彼はトラックがアメリカ製で、インターナショナル・ハーベスターの一九五三年製であることを知って驚いた。その濃い緑色のペイントは擦りきれ色あせていたし、荷台の木製の柵は風雨にさらされていた。くたびれてはいたが、しっかりした感じで手入れの良さが覗えた。

ダークは開け放たれた運転席の窓に近づきながら男に会釈した。「立派なトラックだ。なにかトラブルですか？」

「そうなんだ」僧は答えた。「古くてがたが来ているし、寒い日は走りたがらない」彼は笑いを浮かべた。「私とそっくりさ」

ダークは車内を覗きこんだ。ガソリンの計示は満タンだったが、チョークレバーが入っていなかった。「チョークをやってみましたか?」

僧が手を伸ばしてノブを引くと、金属製の棒がダッシュボードから滑りでた。「なんの役にもたたぬようだ」僧はイグニションキーをまたひねり、スターターを回転させた。

ダークは片手をあげた。「私にちょっと見させてください」

彼はケースを下に置き、トラックの前へ歩いていって丸味を帯びたフードを開けた。うっすらと埃に包まれた直列六気筒エンジンが現れた。新品の場合、一〇〇馬力すら出せたものだった。エンジン室は整然とした感じだったが、ダークは横へ回った時に、チョークリンケージが外れてシリンダーヘッドに載っているのに気づいた。彼は手を伸ばしてエアフィルターを取りのぞき、キャブレターを露出させた。外れているリンケージをキャブレター横のレバーに取りつけ、エアフィルターを元に戻すとフードを閉めた。

「これでチョークリンケージは繫がった」彼は僧の奥まで手を伸ばしてダッシュノブ

を引いた。「ガスを送って、もう一度やってみてください」

僧が言われた通りにすると、エンジンはすぐ掛かった。彼はこぼれんばかりの笑みを浮かべてダークのほうを向いた。「神のご加護がありますように」

ダークは微笑み、敷地から出ていく僧に手をふった。彼はサマーのところへ引きかえした。彼女は足踏みをしながら待っていた。「本当なの？」

「ちょいとお呪いを掛けただけさ」

彼らは通りを進んで、チベット博物館と記された煉瓦と漆喰造りの建物へ向かった。館内に入ると、中国によるチベット占領とそれがもたらしたインド北部への亡命に焦点を絞った、興味をそそる写真や人工物が一堂に展示されていた。

サマーは案内係の机に向かっている齢上の女性に近づいて行った。「私たちこの博物館に帰属するチベットの彫像を発見しましたので、お返ししたいと思いまして」

ダークはケースをカウンターに載せて開き、蓋の内側のラベルを指さした。

「私どもの館長はただいま、ガンチェン・キションにある新しい博物館にいます」と女性は応じた。彼女は詳しくラベルを見て首をふった。「みなさんがお持ちの品々は、いずれにせよ、当チベット博物館のものではなさそうです」

「私たち教えられたのです」サマーは言った。「そのタグはこの品々がここマクロード・ガンジの博物館の所蔵品であることを示していると」

「ええ、その通りですが、それは私どもの博物館ではありません」女性は言った。「そのラベルは伝えています、この一連の品はチベット・クラブ博物館所属のラマプラ・チョドゥンからの借りものだと。それは別の建物です」

「チベット・クラブ博物館?」ダークは訊いた。「いまもまだあるんですか?」

女性は渋い表情でうなずいた。「ええ。町の向かい側にあります」彼女は一枚の紙に方向を書いて、それをサマーにわたした。「いま三時です。ちょうど開館中でしょう」

ダークとサマーは怪訝な表情で顔を見合わせ、女性にお礼を言って博物館を出た。

「博物館違い?」サマーは首をふった。「チベット博物館って、ここに何カ所あるのかしら?」

「ともかく、少なくともわれわれは正しい町にたどり着いたわけだ」

彼らは来た道を引きかえして町中に戻り、教えられた方向に沿って砂利の脇道を進んでいった。サマーは杉のこけら板に囲まれた、古びた一軒の建物の前で立ちどまった。ちいさな標示がドアの横に掛かっていて、英語と曲がりくねったチベット語の両方で、チベット・クラブ博物館と記されていた。その下に、〝開館　3 - 2〟とあった。

「ここだわ、きっと」サマーは言った。「博物館にしては、妙な開館時間ね」

「博物館という言葉がクラブの後回しになっている」ダークはドアを開け脇に寄って妹を先に通した。

二人はナイトクラブとも博物館ともつかぬ場所に踏みこんだ。しいて言えば、イギリスの館の応接室に近かった。トライバル・カーペットがダークウッドの床を覆っていて、長椅子が数棹に詰め物をした椅子が数脚置かれてあって、そばには読書用ランプが添えられていた。床から天井に届く本棚が二つの壁際に立っていて、さまざまな書籍、彫刻、壺、さらには色彩豊かな織物が収まっていた。

もう一つの壁面には写真が貼られていた。大半はモノクロで、チベットの風景と肖像が主題だった。四番目の壁際にはガラス製の展示ケースや、磨きあげられた長いバーが並んでいた。バーの奥には酒瓶が林立していて、両端はすこぶる大きくたいそう古い感じの石の竜に護られていた。

香とバーボンのかすかな心地よい匂いが空中に満ちていた。ダークとサマーが入っていった時には、ほんのりと照らされた室内には人気がなさそうだった。若い一人の女性が、空のグラスを載せたお盆を持ってバーの奥からひょっこり現れた。黄色いブラウスにウールのベスト姿の彼女は向き直り、来館者たちに微笑みかけた。肌色が濃く、顔幅は広く、それに彫りの深いアーモンドアイをしており、彼女は紛れもなくチベット人だった。

「飲み物をお持ちしましょうか?」彼女はほぼ完璧な英語で訊いた。

「いや、いまはまだ。ありがとう」ダークはケースをバーの上に置いた。「お返ししたいものがあって、われわれはお訪ねしたのです」

若い女性はうなずいた。「館主に伝えます」彼女はバーの背後の部屋に入っていった。一分ほどすると、彼女は俳優のビリー・ボブ・ソーントンを若返らせたような男性をともなって戻ってきた。

「ボブ・グリアです」男は微笑みながら言った。「どんなご用件でしょう?」

相手がアメリカ人なので驚きながら、ダークは自分たちを紹介した。「あなたは館主ですね?」彼は訊いた。

「そうです」グリアは答えた。「私は写真家で数年前にチベットの修道院を収録する探検隊に参加しました。あそこの壁に展示してある写真は、いずれも私が撮ったものです」彼は誇らしげに腕をふって言った。「私がマクロード・ガンジに来たのはダライ・ラマとその亡命政府の要人たちを撮影するためでしたが、そのまま居ついてしまいました」彼は照れ笑いを浮かべた。「私がクラブを受けついだのは、持ち主の娘と結婚したからです」

ダークはフィリピンでの自分たちの発見について説明をし、サマーはケースをバーのうえで開いた。

「あなたたちはこれを携えて、はるばるここまで来られたのですか？」グリアは信じかねるように言った。

「台湾の故宮博物院の館長が、いずれも重要な文化遺産だと示唆されました」サマーが答えた。「私たちはモルディブへ向かっている途中ですので、こちらへはそう遠回りではないんです。兄と私はＮＵＭＡの者です」

「ＮＵＭＡなら知っています」男は言った。「お持ちの作品を拝見させていただくとしましょう」

ダークは絹地の覆いを取りのぞいて彫像の一つを取りあげ、それをグリアにわたした。「これらはダライ・ラマの領地にあるチベット博物館のものと、われわれは考えていました」

「長年にわたって、わたしどもはチベットから秘かに持ち出された古美術品を買い戻すのに余所（よそ）より高い金を払ってきました」彼は言った。「その結果、わたしどものコレクションはチベット博物館を上回るに至りました」彼はガラスの展示ケースの一つを指さした。「わたしどもは、たとえば、ジョカン寺に帰属する七世紀の神像を何体か所蔵しています。チベット博物館はそれほど古いものはまったく持っていません」

彼は首許の紐から下がっている読書用眼鏡を掛け、肝心の彫像を持ちあげた。「トクチャー彫像」彼はそれを掌に載せた。「なんとも素晴らしい」

ダークとサマーは顔を見合わせうなずいた。「私たちが聞いたところでは」サマーが言った。「どれも隕石から彫られているそうですが」

「その通りです」グリアは言った。「私は小さなサンプルを——お守りを一つ持っています、あなたの後ろの棚に。チベットは高地で、開けた平野ですから、隕石探しには格好の場所です。天の鉄は、地元の人たちはそう呼んでいるのですが、遠い昔から珍重されています。組成によっては、細工がしにくい。ですから、彫刻をほどこされた作品は、とりわけこのサイズと品質のものはきわめてまれだ」

彼は彫像を一つずつていねいに観察し、細部を吟味(ぎんみ)しながらコレクションを調べあげた。「八点とも仏教の吉兆のシンボルです」彼は最後の彫像をケースに戻した。「紛れもなく、まれに見る素晴らしいコレクションです」

「いずれもラサのネチュン寺の物と信じられています」サマーが言った。

グリアはうなずいたが、なにも言わなかった。

「そのラベルは、彫像がチベット・クラブ博物館の管理下にあることを示唆している、そうではありませんか？」ダークが訊いた。

グリアはラベルを検討した。「ええ、そのようです。むろん私は事の次第については直接には関知していませんし、チョドゥンなる人物はまったく知りません。あなたは台湾の航空機が一九五九年に墜落した、と言いましたよね？　それは私がここへ来るずいぶん前のことですが、私の義父もちょっとした収集家でした」彼は若い女性のほうを向いた。「タライ、こちらの二人に飲み物をお持ちしてくれ。私は奥でファイルを調べるので」

グリアが裏手の部屋に姿を消したところで、サマーは地元カングラの緑茶を一杯お願いし、ダークはシンバ社製のインドビールを選んだ。部屋を静かに流れる一九四〇年代のビッグバンドの心地よい旋律越しに、ダークはバーのオーナーが声を潜めて電話で話しているのに気づいた。グリアは一〇分ほど経ってから奥の部屋から現れ、手書きの請求書の分厚いホルダーをバーに叩きつけた。

「これまでのところ、運に見放されたようです」グリアはバーの下に手を伸ばしてシヨットグラスを取りだし、バーボンの埃っぽいビンからスリーフィンガー分注いだ。

「ご老体は入手した彫像の記録をかなりこまめに取ってあるのですが」、これらの品に関するものはまったく見つかりませんでした」彼はバーボンを煽り、空のグラスをバーに置いた。

「たぶん、こちらのクラブへ貸し出されただけで、買い取られたのではないのでは」サマーが言った。

「ええ、しかし、これほどまれな物ですから、なにか注記がありそうなものです」グリアはケースに手を入れ彫像の一つを取りだした。それは煌びやかな円柱からはためいている旗印をあしらっていた。「私の好きな、勝利の旗。無知、無気力、その他の有害な力に対する仏教徒の勝利のシンボル」

彼は厳しい眼差しでダークとサマーを見つめた。「あなたたちは私を、抑圧下の土地から辛うじて逃げのびた貧しくぼろをまとったチベット人を食い物にしている、厚顔のコレクターとお考えかもしれません。しかし実際の話、私はいまだかつてボタンの一つすら売ったことがありません」彼は部屋を見わたした。しかし、彼の眼差しはずっと遠い先に向けられていた。

「中国人はチベットをブルドーザーに掛けている」彼は言った。「何十年にもわたって寺院を破壊し人工物を盗んだあげく、いまや彼らは財政的な支援を受けた大量の移民を中国全土から送りこんで、チベット文化を葬り去ろうとしている。それに加えて、臆面もなく環境を破壊している。中国の巨大なダムのせいですでにメコン川とブラマプトラ川は干あがりつつある。つぎはインダス川です。ヒマラヤ山脈のこちら側は砂漠になることでしょう」

彼は首をふった。「六十年におよぶ抑圧ではまだ足りない。現に彼らは、秘かにこの国を転覆しつつある。それはチベットの言語、文化、さらには信条の最後の痕跡が、チベット高原から一掃されるまで終わらないでしょう」

彼は自分でまたバーボンをつぎ、部屋全体に向かって片方の手を振りまわした。「さほどありませんがこれは全部、私が死んだらツォクラカンと、あそこの博物館へ行くことになります。チベットの残痕は生き残ります、たとえインドに留まらざるを得ないとしても」

正面のドアが手荒に開けられ、すこぶる屈強な男がクラブに入ってきた。その男は居合わせた者たちを見届けると背後のドアを閉め閂を掛けた。すべての目が、部屋に入ってくる彼に注がれた。

彼は背が低く分厚いコートを着ていた。濃紺の帽子を目深に被っていたが、アジア系の目鼻立ちは隠しようもなかった。部屋を素っ気なく自信ありげに横切ったが、バーの二メートルほど手前で立ちどまった。コートの下に手を伸ばすと、オートマチック・ピストルを取りだし全員に向けた。

「みんな」彼は訛りの強い英語で命じた。「床に伏せろ」

（上巻終わり）

◉訳者紹介　**中山善之（なかやま・よしゆき）**
英米文学翻訳家。北海道生まれ。慶應義塾大学卒業。
訳書にカッスラー『タイタニックを引き揚げろ』（扶桑社ミステリー）ほか、ダーク・ピット・シリーズ全点、クロフツ『船から消えた男』（東京創元文庫）、ヘミングウェイ『老人と海』（柏艪舎）など。

悪魔の海の荒波を越えよ（上）

発行日　2022年2月10日　初版第1刷発行

著　者　クライブ・カッスラー　ダーク・カッスラー
訳　者　中山善之

発行者　久保田榮一
発行所　株式会社 扶桑社
〒105-8070
東京都港区芝浦1-1-1　浜松町ビルディング
電話　03-6368-8870(編集)
　　　03-6368-8891(郵便室)
www.fusosha.co.jp

印刷・製本　図書印刷株式会社

ISBN 978-4- 594-08841-5　C0197